novum 🔖 pocket

Mo Hair

Der 18te Geburtstag

ein Traum

novum pocket

Bibliografische Information
der Deutschen Nationalbibliothek:

Die Deutsche Nationalbibliothek
verzeichnet diese Publikation in der
Deutschen Nationalbibliografie.
Detaillierte bibliografische Daten
sind im Internet über
http://www.d-nb.de abrufbar.

Alle Rechte der Verbreitung, auch
durch Film, Funk und Fernsehen, fotomechanische Wiedergabe, Tonträger, elektronische
Datenträger und auszugsweisen
Nachdruck, sind vorbehalten.

Gedruckt in der Europäischen Union
auf umweltfreundlichem, chlor- und
säurefrei gebleichtem Papier.

© 2023 novum Verlag

ISBN 978-3-903382-97-8
Umschlagfoto:
Rolffimages | Dreamstime.com
Umschlaggestaltung, Layout & Satz:
novum Verlag

www.novumverlag.com

Der Schriftsteller ist ganz allein,
er hat nur sich selbst,
genau wie ein kleines Kätzchen

F. S. Naipol

Die Mo vom chataeu l'eau liebt die Tiere so,
die Mo vom chateau l'eau befreit die Tiere aus dem Zoo,
die Mo vom chateau l'eau liebt die Tiere sehr,
sie spricht mit dem Bär,
die Mo vom chateau l'eau hört den Floh,
die Mo vom chateau l'eau liebt das „Vieh"
und die Tiere lieben sie.

Mo Hair lag auf ihrem Bett. Die Flügeltüren zum Schlosspark hin waren weit geöffnet. Es war noch sehr früh. Vielleicht 4:30 Uhr. In der Nacht hatte es sich kaum abgekühlt und der kommende Tag, ihr 18. Geburtstag, würde wieder sehr heiß und schwül werden. Sie liebte die Wärme, sogar die Hitze und Schwüle. Sie träumte sie sei in Indien, im Indien ihrer Fantasie. Sie lag mit Bimbo, ihrem Tiger, auf Palmblättern, umringt von einer Elefantenherde. Die Tiere waren aus der Lethargie erwacht, wiegten unruhig hin und her. Der betörend befreiende Monsunregen würde jeden Augenblick einsetzen.

Etwas Feuchtes in ihrem Gesicht ließ sie aufwachen. Bimbos Zunge leckte über ihr Gesicht. „Wach auf Träumerin!" Mo tätschelte Bimbos Kopf, drückte ihren Kopf in sein Fell, griff zur Mineralwasserflasche, die in einem Sektkübel voller Eiswürfel steckte, schob Bimbo davon einige wie Pralinen ins Maul und ließ das feuchte Nass langsam über Bimbos Kopf und Nase laufen. Genüsslich leckte er das Wasser mit seiner rauen rosa Zunge auf. Er rieb seinen Kopf an ihrer Schulter und trottete wieder in die Dunkelheit des Parks, um sein Reich und Mo vor Eindringlingen zu beschützen.

Mo sog den betörenden Duft der Blumen und Pflanzen ein, der aus dem Park hineinströmte. Sie wurde ganz high davon. Besonders der Duft ihrer Lieblingsrose „Petite Hollande" stach ihr in die Nase. Sie dachte an ihre Lieblingslaube, deren Eingang mit einem Bogen Kletterrosen geschmückt war, an den wundervollen Blauregen, die Linden, den Seidelbast ... Am Liebsten waren ihr jedoch die Trauerweiden am Fluss, obwohl sie nicht so dufteten. Dankbarkeit erfüllte sie in dieses Paradies hineingeboren worden zu sein. In diese Dankbarkeit mischte sich Melancholie.

Gestern hatte sie, wie so oft, im hohen Gras gelegen und Bimbo dabei zugeschaut, wie er versuchte, Bienen und Schmetterlinge zu fangen. Ihr Blick war in den Himmel geschweift, ein kleines graues Wölkchen war an dem sonst strahlend blauen Himmel erschienen. Das Wölkchen sah sie auch und rief ihr zu: „Ich sehe was, was du nicht siehst, genau wie die Zugvögel. Der Wind des Lebens wird dich forttragen, in die Lüfte heben – hin und her – lerne zu fliegen, mach dich bereit." Mo wedelte erschrocken mit der Hand, um es fortzuscheuchen, das Wölkchen sprach aus was sie befürchtete, sie würde aus ihrem Paradies vertrieben werden. „Böses Wölkchen, verschwinde, lass mich in Ruhe", rief sie ängstlich. Sie lief zu Bimbo, umarmte ihn, bückte sich nach einem kleinen abgebrochenen Ast und warf ihn so weit sie konnte. Bimbo jagte hinterher. Bei diesem Spiel verflüchtigte sich ihre Angst.

Trotz der Schwüle fröstelte sie. Wie schnell waren die Jahre der Kindheit vergangen. Sie sah sich auf dem Bett liegen. Die Jahreszeiten zogen verlässlich wie ein Uhrwerk an den großen Fenstern vorbei. Die Frühjahrs- und Herbststürme konnten ihr hinter den dicken Mauern des Schlösschens nichts anhaben. Die Pappeln trotzten dem Sturm, ihre Arme, die Äste bewegten sich wild, manchmal drohten sie ihr mit ihren Fingern, sodass sie sich schuldig fühlte, dann verkroch sie sich unter ihrer Decke, ein anderes Mal winkten sie ihr begeistert, stürmisch zu. Dann lief sie hinaus, umarmte die Pappeln, spürte den Regen und Wind auf ihrer Haut, wälzte sich im Gras, wurde Teil der Natur, verschmolz mit ihr.

Leider gab es Fernsehen und Internet, die ihr grausam vor Augen führten, dass der Mensch die Natur zerstörte aus Gier, Machtstreben, Egoismus, vor allem der herrschenden Cliquen weltweit. Tsunamis, Tornados, Wirbelstürme, Orkane, Taifune, Zyklone, Trockenheit, Dürre, verheerende Waldbrände nahmen immer mehr zu. Die Natur rächte sich, zu Recht glaubte sie. Doch dann taten ihr die Tiere leid, die unter dem Versagen der Menschen zu leiden hatten. Im Fernsehen sprach man von toten und verletzten Menschen, wer sprach vom Elend der Tiere? Eigentlich war sie ganz froh, dass das Elend nicht gezeigt wurde, sie hätte es nicht ertragen. Da war es wieder, ihr Problem, nichts hören und sehen, eintauchen in die heile Welt. Bald könnte der Traum vom erlösenden Regen wirklich nur ein Traum sein, die helle strahlende Sonne nicht mehr ihre Seele erwärmen, sondern sich in ein alles versengendes rotglühendes Monster verwandeln.

Mit gemischten Gefühlen sah sie dem heutigen Tag entgegen, Sylvie und ihr Vater hatten beschlossen zu ihrem Geburtstag, ihr zu Ehren, ein Fest zu geben.

Ruth hielt Sylvies Einladungskarte in der Hand, auf dem schönen Vintage Papier, das sie sofort an chateau l'eau denken ließ, standen die Worte:
die Jugend von heute weiß gar nicht mehr wie man richtig feiert, bringen wir es ihr bei.

Am **11.06.** findet Mos Geburtstagsfeier ab **18:30 Uhr** auf **chateau l'eau** statt.

Darunter war die kleine Zeichnung einer schmalen gepflegten Hand, die ihr mit dem perlenden Inhalt eines Sektglases zuprostete.

Sie sah Sylvie dabei vor sich, die neue Lebensgefährtin Bos, die ebenso schön wie gebildet war, eine moderne Göttin.

Im Radio dudelte der Song „ich war noch niemals in New York, ich war noch niemals auf Hawaii ..., von Udo Jürgens. Sie war schon öfter in New York, zuletzt bei einem Konzert ihres Sohnes Alexander in der Carnegie Hall. ...
„*und auf der Treppe dachte sie, wie wenn das jetzt ein Aufbruch wär, ich müsste einfach gehen, für alle Zeit, für alle Zeit...*"

Sie stellte sich vor an Sylvies Stelle zu sein, ihre Ehe mit Maximilian war eine Farce. Früher, als ihr Sohn Alexander und Mo noch Kinder waren, hatte Bo sie oft angerufen, sie aufs Schloss eingeladen, die Kinder spukten glücklich darin herum oder vertrieben sich die Zeit im Wald – eine wundervolle Kindheit – Bo ließ ihr Kaffee und Kuchen servieren, las ihr aus seinem neuesten Roman vor, das Timbre seiner Stimme verursachte ihr wohlige Schauer, die ihr über den Rücken liefen, sich im ganzen Körper warm und wohltuend ausbreiteten, sie erregten. Er war an ihrer Kritik interessiert, einmal hatte er sie sogar als seine Muse bezeichnet, ihr war fast das Herz stehen geblieben, es klang wie eine Liebeserklärung, doch sein Blick hatte durch sie hindurch geschaut, in weite Ferne, voller Sehnsucht – nach Estelle, die irgendwo zwischen Himmel und Hölle unerreichbar auf ihrem Seil balancierte.

Mo wurde 18, wie schnell die Zeit verronnen war, Mo, das scheue wilde „Ding", das auf sie zugelaufen kam mit dem graziösen tollpatschigen Phlegma eines Kätzchens, sich in ihre ausgebreiteten Arme schmiegte, was sie nur bei ihr und ihrem Vater tat, sie liebte Mo fast so sehr wie ihren eigenen Sohn.

Maximilian war auf dem Rückweg von seiner Kanzlei. Er musste Ruth abholen, um mit ihr zu den Hairs zu fahren, sein Rendezvous mit Raja in ihrer Suite im Sheraton Hotel absagen. Raja – seine schöne, selbstbewusste, willensstarke, gefährliche, aufregende Geliebte, wenn er nur schon an sie dachte, bekam er Gänsehaut, es prickelte, es kribbelte, sie war ein anderes Kaliber als seine depressive Ehefrau. Wie konnte die Tochter des Gründers des Pharmariesen „Lilly Chemie-Berlin" und seiner liebreizenden Ehefrau Lilly nur so langweilig sein.

Alexander freute sich auf das Fest, er saß im Wohnzimmer, wartete ungeduldig auf Cloé, seine Freundin, die sich im Bad mit aufreizender Langsamkeit zurecht machte. Er wusste, dass sie ihn damit provozieren wollte. Chateau l'eau war sein zweites Zuhause, seine Kindheitserinnerungen, auf die Cloé eifersüchtig war, vor allem auf Mo, sie hasste sie geradezu, verkörperte sie doch eine Gesellschaftsschicht, zu der sie selbst von Geburt an wie Mo gern gehört hätte, deren Türen für sie aber verschlossen bleiben würden, es sei denn sie verschaffte sich Eintritt, z. B. durch eine Beziehung zu ihm oder mit Gewalt, so erklärte er sich ihren Entschluss, Profiboxerin geworden zu sein, und das sogar sehr erfolgreich, sie war der aufgehende Star des Frauenboxens. Kennengelernt hatte er sie durch Raja als er sich noch mit ihr traf. Cloé durfte niemals erfahren, dass sie nur „die zweite Wahl" war. Das stimmte auch gar nicht, sexuell klappte es zwischen ihnen jedenfalls wunderbar.

Zwei Jahre war er schon nicht mehr auf chateau l'eau, das war der Tribut, den er für seine Karriere als international gefeierter Pianist zahlen musste. Anfänglich hatten die Kritiker höchstens seine Technik gelobt, erst jetzt zollten sie ihm Bewunderung für die Intensität seines Spiels. Er hatte sich den Künstlernamen Alexander Salamander zugelegt. Keiner kannte seinen Trick, sein bestgehütetes Geheimnis. Der Trick war: er dachte an Raja, die wunderschöne, charmante, exotische, verführerische femme fatale, die er in der Kanzlei seines Vaters kennengelernt hatte. Sie waren zusammen essen gegangen, doch Raja beendete die Liaison bevor sie überhaupt begonnen hatte. Er litt unter der Zurückweisung unter Liebeskummer, zum Vorteil der Musikwelt und seiner Karriere, sein Spiel wurde leidenschaftlicher, drängender, aggressiver oder weicher an den entsprechenden Stellen der Kompositionen. Hinzu kam eine Melancholie, die auch den fröhlichen Stücken einen eigenartigen Tiefgang verschaffte, der Salamanderstil, Alexanders Markenzeichen war geboren.

Cloé ließ noch immer auf sich warten. Ob Mo heute auch an den Tag ihres gemeinsam begangenen Mordes zurückdachte, seine geliebte kleine Blutsschwester, vernarrt in die Tiere wie er, sanft zu jedem Tier und Tierchen, dem sie „im Wald und auf der Heide" begegneten, voller Respekt, Bewunderung und Demut. Wie Winnetou und Old Shatterhand hatten sie ihr Blut gemischt nach der Tat, ihre selbst zugefügten Schnittwunden aufeinandergepresst an dem Tag im Wald unter der knochigen Sommerlinde, der sie ihr Geheimnis anvertrauten.

Sie hatten sie gerächt, ihre einsame Wölfin. Sie trafen sie jeden Tag im Wald auf ihren „Expeditionen", sie tanzten mit ihr, sie erkannten einander, sie war in ihrem Bunde die Dritte. Sie ahnten, dass sie schwanger war, brachten ihr jeden Tag ein großes Stück Fleisch aus der Schlossküche, legten es neben den Baumstamm ihrer Höhle in einiger Entfernung zu ihrer Sommerlinde.

Eines nachmittags an dem sie voller Vorfreude auf die Begegnung mit ihrer Wölfin in den Wald geeilt waren, erschien diese nicht wie gewohnt zu ihrem Treffen, Mo und er hatten sich angeschaut, er sah die Bestürzung in Mos Augen so wie sie die seine in seinen. Ihnen war sofort klar, dass etwas Schreckliches passiert sein müsse. Sie dachten direkt an die grobschlächtigen Männer im Dorf, die sich schon vor einem Jahr damit gebrüstet hatten, einen sogenannten Problemwolf getötet zu haben. Mo hatte in ihre Jackentasche gegriffen, die Beretta hervorgezogen, die ihr Vater ihr geschenkt hatte und die sonst unbeachtet in ihrer Nachttischschublade schlummerte. Sie musste sie heute, ohne dass es ihr zu Bewusstsein gekommen war einer Ahnung folgend, eingesteckt haben. Er war zusammengezuckt, ließ sich sein Entsetzen aber nicht anmerken, es wäre ihm wie ein Verrat vorgekommen. Willenlos folgte er ihr ins Dorf.

In der Gaststätte „zum Hirsch", mussten sich ihre Augen an das schummrige Licht gewöhnen. Die Schänke war verrufen, schlimmes Gesinde solle sich dort ´rumtreiben. Mo, deren Katzenaugen sich schneller an die diffuse Beleuchtung angepasst hatten, erblickte die ausgestopften Tierkadaver an den Wänden schneller als er, voller Empörung wandte sie sich zu ihm, zitterte vor Wut.

Ein vierschrötiger Kerl mit einem großen prallen Rucksack betrat den Raum, schaute in die Runde. Der Wirt, der schon auf ihn gewartet zu haben schien, lotste ihn eilig in die Küche. Nach kurzer Zeit kam der grobe Mann ohne sein Gepäck zurück, er stellte sich an die Theke ihnen direkt gegenüber mit dem Rücken zu den auffälligen Butzenscheiben, die dem Raum eine gemütliche Atmosphäre verleihen sollten.

Mo bat den Kneipenwirt um die Toilettenschüssel, während sie die Treppenstufen hinunterwackelte, bestellte er für sich und Mo jeweils eine Cola. Als Mo zurück war, sie zitterte nun nicht mehr so sehr, nippte sie an ihrer

Cola, richtete die fiebrig glänzenden Augen fragend auf ihn, krächzte heiser: „Siehst du die Butzenscheiben?" Er nickte ratlos mit dem Kopf. „Eine Scheibe ist defekt, die Erhöhung in der Mitte der Scheibe fehlt, da ist ein kleines rundes Loch, siehst du es?", zischte sie ihn fragend, drängend an. Er schüttelte zu ihrem Verdruss den Kopf. „Du willst ihn durch die Scheibe erschießen?", hauchte er nun ebenso heiser wie Mo zurück.

Sie verließen den „Hirschen". Der Knall des tödlichen Schusses hallte durch die Dorfstraße. Mo und er sahen noch aus den Augenwinkeln, dass der Mann wie ein nasser Sack zu Boden ging. Links und rechts eilten Leute an ihnen vorbei zur Kneipe, aufgeregt, erschrocken, alarmiert durch den Knall. Keiner hielt sie auf, die unschuldigen Kinder, unbehelligt strebten sie dem Ausgang des Dorfes zu. Auf menschenleerer Landstraße begannen sie zu laufen wie um ihr Leben, erst als sie ihre Sommerlinde erreicht hatten hielten sie an, warfen sich in ihren Schutz. Erschöpft schliefen sie nach wenigen Minuten eng umschlungen ein.

Ein leises ängstliches verlorenes Bellen drang in ihr Unterbewusstsein, ließ sie erwachen. Die Sommerlinde wies mit einem Ast auf die benachbarte Winterlinde, im Schutz der kleinen Höhle hatte ihre Wölfin ihr Junges geboren. Die Müdigkeit war wie weggeblasen. Sie drückten das Tier an ihr Herz, einmal er, dann Mo, dann wieder er, dann wieder Mo, die Wölfin hatte es ihnen anvertraut.

Mo nahm es mit auf ihr Schloss, doch zuvor geschworen sie feierlich, die Rächer der Tiere sein zu wollen, von jetzt an bis in alle Ewigkeit.

Heute war Sylvie schon um 07:00 Uhr aufgestanden. Sie freute sich auf den Tag. Alles für Mos Geburtstag vorzubereiten machte ihr Spaß. Sie liebte es Gäste zu empfangen, eine perfekte Gastgeberin zu sein. Wie hatte sich ihr Leben verändert, seit sie vor einem Jahr als Model mit dem Modezirkus für Aufnahmen für die Vogue hier gelandet war. Bo hatte ihnen das Schloss auf Anfrage von Paul Wiese, dem berühmten Designer und Fotografen zur Verfügung gestellt. Am 2. Tag des Fotoshootings fiel Herr Wiese oben auf einer Leiter stehend in eben diese, Sylvie leistete erste Hilfe, übernahm die Leitung nach Anweisung von Herrn Wiese, der sich ein Bein gebrochen hatte, sodass die Aufnahmen ein voller Erfolg wurden.

Sie hatte bemerkt, dass Bo ihre Gesellschaft suchte, ihre patente pragmatische Art nötigte ihm Respekt ab, wie er immer wieder betonte, zu seiner Freude übernahm sie die ungeliebten Aufgaben sich um Einkauf, Handwerker, Personal, Finanzamt u. Ä. zu kümmern, sie fühlte sich wohl in der Rolle der Schlossherrin und mütterlichen Freundin Bos Tochter.

Bo hatte sich in sie verliebt, seine Worte, sein Verhalten waren eindeutig. Trotzdem zweifelte sie manchmal an der Aufrichtigkeit seiner Gefühle. Dann erinnerte sie sich gerne der Kommentare, die über sie in Umlauf waren, von *einem engelsgleichen Gesicht* war die Rede, ihre große schlanke Gestalt, das leuchtende Blond ihrer Haare fanden überall Bewunderung, aber auch ihr Charakter wurde gelobt, so sei ihre „Zurückhaltung" ein Zeichen vornehmer Gesinnung, Viele bezeichneten sie als die neue Tippi Hendren.

Als sie die große Schlossküche betrat, umwehte sie der geliebte Duft des Arabica-Kaffees. Sie wusste, dass sie sich auf Maggie, die Köchin, verlassen konnte. Maggie, eine kleine rundliche Person, sah zwar nach deftigem Eintopf aus, verstand sich aber sehr wohl auf die haute cuisine.

Maggie fragte: „Hast du dir schon etwas für heute Abend überlegt?" Ich denke an pochierte Austern auf Blattspinat, mit Sauce Mornay gratiniert, Tournedos im Speckmantel mit Kräuterkruste und zum krönenden Schluss Tonkabohnen Parfait im Feigenstern, womit wir unsere Gäste verwöhnen können. Wie findest du das?", erwiderte Sylvie. Maggie überlegte kurz, „sehr gut, ich brauche noch nicht mal viel Zeit für die Vor- und Zubereitung", antwortete sie. Für Vegetarier plane ich Antipasti-Salat mit scharfem Frischkäse Dip, asiatisches Currygemüse sowie gefüllte Birnen mit Schoko Creme, Williams-Sabayon, wer lieber Vanille will, Vanillepudding mit Johannisbeeren. Wäre das okay", wollte Sylvie wissen. „Selbstverständlich", beruhigte Maggie sie. „Ich kümmere mich um die Dekoration des Parks, der Stühle, Bänke und Tische, um die Band und die „helfenden Hände", erklärte Sylvie. Sie besprachen noch einige Details und machten sich dann an die Arbeit.

Bo saß in seinem „Elfenbeinturm", ihm war wehmütig zu Mute. Sein kleines Mädchen wurde 18, wie schrecklich. Aber nichts würde sich ändern. „Mo ist so glücklich hier, sie ist eine Träumerin, die Welt da draußen macht ihr Angst, hier hat sie alles was sie braucht" beruhigte er sich, „gleich gehe ich zu ihr und lade sie zur Kirmes als Geburtstagsgeschenk ein. Sie liebt die Kirmes, die vielen

Menschen dort machen ihr gar keine Angst. Sie genießt den Trubel, fliegt mit dem Kettenkarussell, isst Zuckerwatte und einen roten Bratapfel" Heute, an Mos Geburtstag, musste er wieder an Estelle denken, er konnte sich nicht auf seinen neuen Roman konzentrieren.

Seine Gedanken schweiften ins Jahr 1996. Es war im September, er schrieb an dem späteren Bestseller „die Dinosaurier kehren zurück", da meldete sich seine Überwachungskamera, teilte ihm mit, dass eine fremde Person vor dem Schlosstor stehe. Er schaute von seiner Arbeit auf und sah im Display eine wunderschöne Frau am Eingang stehen, die zögerlich die Klingelanlage betrachtete. Ohne zu überlegen betätigte er die Gegensprechanlage, „warten Sie, ich hole Sie am Tor ab", er eilte die Treppenstufen hinunter, absolvierte den Weg zum Tor in Rekordzeit in der bangen Annahme, sie könne es sich anders überlegt haben und wieder fortgegangen sein, so schnell es ging öffnete er das Tor mit seinem Fingerabdruck.

Da stand *sie*, das Display hatte nicht gelogen, eine zierliche Person, dunkler Typ, lange schwarze Haare, braune weit auseinanderstehende schräg gestellte Augen, sinnlicher großer Mund. Die Nase war klassisch, ein wenig gebogen, sie verlieh ihrem Gesicht Charakter. Auch die kleine Zahnlücke zwischen den perlweißen zwei Vorderzähnen faszinierte ihn, beinahe hätte er sie auf den Mund geküsst. Sie war eine Roma aus Bulgarien, gehörte zu einem kleinen Wanderzirkus wie er später erfuhr.

Er führte sie ins Vestibül. Fasziniert betrachtete sie ihre Umgebung. Sie nahm auf dem großen Samt überzogenen antiken lilafarbenen Sessel Platz, nippte an dem Weißwein, den er hatte bringen lassen. Mit ihrer warmen leisen Stimme teilte sie ihm mit: „Mein Name ist Estelle, wir haben mit unserem Wanderzirkus eine Tournee durch Europa und Nordafrika gemacht, bald steht der Winter vor der Tür, wir wissen nicht wo wir überwintern können, für alle infrage kommenden Plätze haben wir vom Bürgermeister keine Genehmigung erhalten. Von der Stadt aus haben wir das wundervolle Schloss auf dem Hügel thronend gesehen, gestern sind wir um die Außenmauern herumgeschlichen, haben den riesigen Park, das sich daran anschließende große Areal mit dem Fernrohr von einem Baum aus betrachtet – ein Märchenschloss -!" Sie schaute ihn flehentlich an: „Bitte lassen Sie uns hier überwintern, wir haben etwas Geld, das geben wir Ihnen." Natürlich willigte er sofort ein, sie würde den ganzen Winter über hier sein, das war sein einziger Gedanke.

Am späten Nachmittag hielt der Tross Einzug. Erst jetzt wurde ihm klar, dass ja nicht nur Estelle hier wohnen würde. Er sah 6 riesige Wohnwagen und 3 Traktor ähnliche „Ungeheuer", auf denen er die Einzelteile einer Manege zu erkennen glaubte, über die Zugbrücke in den Hof wackeln. Zu seinem Schreck, er traute seinen Augen kaum, sah er 3 Löwenköpfe aus einem Wohnwagen zum Fenster hinausschauen. War er nicht doch zu voreilig, hatte die schöne Estelle ihn in eine Falle gelockt, vielleicht würden ihn heute Abend die Löwen zum Abendbrot verspeisen, die Zirkusleute das Schloss übernehmen, ohne dass es jemand bemerkte oder erst dann, wenn es schon zu spät war.

Estelle stellte ihm „ihre Leute" vor, die sich in einem Halbkreis aufgereiht hatten. Sie rief: „Hier sind der Messerwerfer Jo, seine Frau Fabienne, der Zauberkünstler und Illuminator David, die Trapezkünstler George, Georgina und Justin. Bei der Erwähnung des jeweiligen Namens wies sie elegant auf die entsprechende Person, warf jeder Kusshändchen mit der für Theaterleute üblichen Verbeugung und Handbewegung zu, „und meine Wenigkeit kennst du ja schon, Estelle, ihres Zeichens Seiltänzerin und Wahrsagerin".

Nach der Begrüßung begaben sie sich ins Esszimmer, wo ein opulentes Mahl von einem Catering Service auf sie wartete. Hungrig griffen sie zu. Die Löwen bekamen den Löwenanteil. Estelle hatte ihn mit den Löwen genauso bekannt gemacht wie mit „ihren Leuten". „Leon", das männliche Tier, konnte ihn auf Anhieb „riechen". Er war anhänglich und wollte dauernd von Bo gekrault werden genau wie Marmelade, eine der 2 Löwinnen. Nur Belle war distanziert. Estelle teilte ihm mit: „Sie ist die „Diva", sie lässt sich nicht gerne anfassen", aber auch sie akzeptierte ihn, später vertraute sie ihm sogar so sehr, dass sie ihn zum Schwimmen im See begleitete, sie wollte etwas erleben. So war es bis heute geblieben.

Einige Flaschen Wein und Schnäpse später wurde die Stimmung ausgelassen, die Zirkusleute berichteten etliche Anekdoten – sehr anschaulich und witzig. Bo verlor seinen Argwohn nun ganz, schaute immer wieder Estelle an, auch sie warf ihm interessierte Blicke zu. Es kam wie es kommen musste, sie wurden ein Liebespaar. Es war der herrlichste Winter seines Lebens. Dann nahte der Frühling. Etwas in Estelles Verhalten änderte sich, sie wurde zusehends unruhig und nervös.

Eines Abends nahm sie seine Hände, ernst und traurig sagte sie: „Ich danke dir für alles, auch im Namen meiner Leute, was du für uns getan hast, du hast uns gerettet, wir hatten wunderschöne Monate ohne Sorgen, aber nun wird es Zeit aufzubrechen: „Ich gehöre nicht hier her. Das Blut in meinen Adern rauscht, ich brauche die Landstraße, mein Wohnwagen ist mein wahres Schloss, die Blumen am Wegesrand, die Menschen in der Manege, die mir zujubeln. Die fremden und doch vertrauten Städte Andalusiens, Marokko, Marrakesch, ich habe Fern- und Heimweh dorthin gleichermaßen." Verzweiflung machte sich bei ihm breit, er wollte nicht, dass sie ging. Er flehte sie an, ergriff ihre Hände: „Bleib doch bei mir, verlass mich nicht" als sie ihn weiterhin nur traurig ansah rief er „dann lass mich doch mit dir gehen, bitte!" Sein Flehen – umsonst – er spürte es – „Marrakesch!", wunderschöne Paläste, das maurische Minarett, prächtige Gärten, fremdartige Gerüche, die den Basaren entströmten, Gewürze des Orients – eine passende würdige Kulisse für eine exotische ungewöhnliche Frau, eine Erscheinung, die einen Winter lang sein erotisches Begehren gestillt hatte, er sah sie entschwinden – feengleich – in den labyrinthischen Gassen der Souks, er konnte sie nicht aufhalten.

Dann teilte sie ihm mit, dass sie schwanger sei, was aber nichts an ihren Plänen ändern würde. Diese Nachricht tröpfelte in sein Gehirn, er klammerte sich daran fest, Estelle war schwanger, sie *konnte* ihn gar nicht verlassen, er wurde doch Vater. Tatsächlich blieb sie aus medizinischen Gründen mit ihren Leuten, die an neuen Zirkusnummern probten bis kurz nach der Entbindung bei ihm.

Die Zeit der Schwangerschaft hatte er in bittersüßer Erinnerung. Vielleicht hätte er sie mehr auskosten, den Aufschub nutzen sollen, aber das Gefühl des drohenden Verlustes lähmte ihn, schmerzte schon damals zu sehr.

Erfolglos versuchte er das unsichtbare Netz, die unsichtbaren Fäden, die Estelle im ganzen Schloss hinterlassen hatte, in die er immer wieder hineinstolperte und -fiel, zu zerstören.

Er riss sich zusammen, machte sich auf den Weg zu Mo. Bis zum Beginn der Geburtstagsfeier war noch viel Zeit für den Kirmesbesuch. Als auf sein Klopfen hin niemand reagierte, öffnete er vorsichtig die Tür und schaute um die Ecke. Bimbo lag ausgestreckt auf dem Bett auf dem Rücken, die 4 Pfoten zeigten in alle Himmelsrichtungen. Er wirkte entspannt, wälzte sich aber sofort zur Seite, ihm entging nichts. Bei näherem Hinsehen gewahrte er Mo, die – hinter Bimbo versteckt – eingerollt auf einem kleinen Stück des Bettes schlief. Er wollte das Zimmer wieder verlassen, aber Bimbo blinzelte ihn an, wälzte sich erneut auf den Rücken, hielt ihm seinen Bauch entgegen, er liebte es dort gekrault zu werden, genau wie Leon und Marmelade. Bo setzte sich neben ihn, streichelte das Tier, Bimbo schnurrte genüsslich. Mo, die wie Bimbo nie ganz tief schlief, war ebenfalls erwacht, begeistert von der Kirmesidee sprang sie in die graue Jogginghose, das rosa Sweatshirt und los ging es.

Schon von Weitem hörten sie die laute Musik, Fetzen der unterschiedlichsten angesagtesten Hits vermischten sich mit den Stimmen der Anpreiser: „Steigen Sie ein, steigen Sie zu, die Fahrt beginnt im Nu. Die Dame mit dem roten Hut, nur Mut". Das Riesenrad, Looping, die neuesten Fahrgeschäfte, deren Gondeln in der Luft herumwirbelten und jeden Augenblick mit denen anderer Fahrgeschäfte zu kollidieren drohten, konnten sie auch schon aus einiger Entfernung sehen. Vater und Tochter gerieten in freudige Erregung. Der Geruch von Bratwürstchen, Bratfisch, Lebkuchen, Anisbonbons u. Ä. ergab ein einzigartiges Kirmesparfüm. Nachdem sie eine erste Runde über die Kirmes gedreht hatten, blieben sie an einem Stand stehen. Bo bestellte für sich ein Bier und für Mo eine Cola. „Weißt du was, du gehst zum Kettenkarussell, ich bleibe hier und warte auf dich", schlug Bo vor. Er schaute seine Tochter mit ehrlicher Bewunderung an, „sie hat überhaupt keine Höhenangst im Gegensatz zu mir. Das muss sie von ihrer Mutter geerbt haben", dachte er „Okay, Daddy, ich flieg eine Runde und lande dann wieder bei dir."

Mo genoss ihren Rundflug, ließ ihre Beine baumeln, war enttäuscht als die Fahrzeit beendet war. Sie gönnte sich noch eine Runde, „so ähnlich muss Fliegen sein. Ja ja, der Traum vom Fliegen, der alte Menschheitstraum", sinnierte sie. Dann machte sie sich auf den Weg zum Riesenrad. Es war Mittagszeit und die Gondeln nur wenig besetzt. Mo hatte zu ihrer Freude eine Gondel für sich allein. Die Fahrt kam nicht richtig in Gang, weil der Besitzer auf mehr Kundschaft wartete. Die Gondeln hielten auf verschiedenen Höhen, damit unten noch jemand zusteigen konnte. Das gefiel ihr. Schließlich hatte sie den höchsten Punkt erreicht. Wieder stand die Gondel still, so dass sie die Aussicht genießen konnte. Die Landschaft war wunderschön, sie ließ ihren Blick in die Ferne schweifen, sogar ihr Schlösschen war am Horizont auszumachen. Sie heftete ihre Augen an die sich durchs Land schlängelnden Autobahnen, aber ihre Hoffnung sie durch ihren bösen Augenausdruck zur Explosion zu bringen, wurde enttäuscht. Schaute sie nach unten, sah sie die Menschen klein wie Ameisen herum wuseln. Sie fand, dass die Ameisengröße die eigentliche Bedeutung der Menschen widerspiegelte.

Ihr Blick wandte sich zum Himmel. Wunderbar, dieses zarte Blau mit den weißen Wattetupfern. Was war das, war das nicht das Wölkchen vom Vortag, das auf sie zusteuerte: „Hallo Mo, ich bin gekommen, um dir zum Geburtstag zu gratulieren. Herzlichen Glückwunsch Mo. Steig ein, flieg mit mir ein Stück des Weges", wehte es vom Wölkchen mit einem leichten angenehmen Luftzug herüber. Mo dachte an die Angst, die sie gestern bei seinem Anblick verspürt hatte, es hatte den Himmel verdunkelt, heute strahlte es in reinem Weiß, Mo wollte auch nicht unhöflich sein, sie wechselte von ihrer Gondel aufs Wölkchen, wie herrlich weich es sich saß. So schwebten sie durch die Lüfte. Als sie schon ein weites Stück geflogen waren, rief Mo aus. „Wölkchen, es ist wunderbar mit dir zu fliegen, ich möchte mit dir bis ans Ende der Welt fliegen, aber mein Vater steht am Bierzelt und wartet sicher schon auf mich." So flog es zurück. Kurze Zeit später stand sie wohlbehalten neben ihrem Vater, der sich wunderte: „Ich habe dich gar nicht kommen sehen, bist du vom Himmel gefallen, wo warst du so lange? Ich bin schon gleich betrunken", beschwerte er sich. „Entschuldige Daddy, es war so herrlich, dass ich die Zeit vergessen habe, nun lass uns weitergehen", drängelte Mo und nahm seine Hand.

Bo schlug vor: „es ist noch etwas zu früh, um nach Hause zu gehen, deine Geburtstagsparty beginnt ja erst um 18:30 Uhr. Drüben ist eine Boxbude, dein alter Daddy wird dir seinen Mut beweisen, wenn er sich auch nicht auf die gefährlichen Karussells traut." „Du willst dich prügeln?", fragte Mo etwas vorwurfsvoll aber erheitert. „Fühl mal meine Muckis", bat er sie. Er bog den rechten Oberarm, sie befühlte gehorsam den Bizeps. „Wow, ganz fest, kein Wackelpudding", schmeichelte Mo. Sie hatte schon oft die bewundernden Blicke von Frauen und auch Männern gesehen, wenn ihr Vater auf der Bildfläche erschien. Er sah sehr gut aus, ca. 1,90 m groß, breite Schultern, blonde, für die heutige Mode zu lange Haare, stahlblaue intelligente Augen, dann war er auch noch ein berühmter Schriftsteller, der bekannte „Schlosshair", so stellte sie sich Siegfried aus der Nibelungensage vor. Sie war stolz auf ihn und liebte ihn sehr.

In der Boxbude lief gerade ein Showkampf. Sie taxierte den Gegner. Er war so groß wie ihr Vater, vielleicht noch ein paar Zentimeter größer, die Muskeln wie die eines Profiboxers definiert. Ihr fielen der gut proportionierte Körperbau, der kräftige Hals, der starke Brustkorb und die schlanke Bauchregion auf. Er war sehr hochbeinig, obwohl seine Rückenlinie gerade verlief und er überhaupt keine Ähnlichkeit mit Quasimodo aufwies, musste sie bei seinem Anblick an den Film „Der Glöckner von Notre Dame" denken, der sie zu Tränen gerührt hatte. Seine Haut war goldbraun, seine Augen grüngelb, wie sie auch aus der

Distanz erkennen konnte, so eine Augenfarbe hatte sie nur bei Yellow Eye gesehen. Sie spürte wie ihr die Tränen in die Augen schossen. Sie zwang sich, ihre Aufmerksamkeit auf den Gegner ihres Vaters zu lenken. Wie ihr Vater schien auch er eine Abneigung gegen Friseure zu haben, wie die Länge seiner hellbraunen Haare bewies. Mo glaubte, dass die buschigen Augenbrauen nur angeklebt waren, sie sollten ihm wohl einen bösen Touch verleihen. Er achtete darauf, seinen Gegner nicht ernsthaft zu verletzen. Nach Beendigung des Kampfes trat eine kleine Pause ein, in der ein neuer Gegner gesucht wurde.

Bo meldete sich. Er bahnte sich einen Weg in den Boxring. Die Menschen applaudierten zur Musik „the eye of the tiger", natürlich. Der Ringrichter stellte die Kontrahenten vor, wobei er sich als Michael Buffer versuchte. Siggiiiiiii Niehhhhbel. Ihr Vater hatte sich als Siggi Niebel vorgestellt und Uuuuhhhhhlf, the woooooooolf (Ulf, The Wolf). Dann ging es los. Mo war erstaunt, wie gut ihr Vater sich schlug, er landete richtige Treffer. Ulf, The Wolf, hatte nicht damit gerechnet, war sogar kurz in die Defensive geraten, fasste sich aber schnell wieder. Die Zuschauer waren aus dem Häuschen. Plötzlich rief einer laut aus: „Ist das nicht Bo Hair!" als ihr Vater den Boxring verlassen wollte, stürzten viele auf ihn zu, sie wollten ein Autogramm und Bilder schießen. Bo war extrem eingeengt und bekam Platzangst, Ulf, The Wolf, boxte ihnen den Weg nach draußen frei. Mo hatte das Spektakel beobachtet, sie folgte den beiden in Ulfs Wohnwagen, in den sie sich flüchteten.

Bo stellte seine Tochter vor und beide bedankten sich bei Ulf, The Wolf. Er bot ihnen etwas zu Trinken an. Sie setzten sich. Ulf war bei Mos Anblick erstarrt, er versuchte sich seine Emotionen nicht anmerken zu lassen. Wäre er Buddhist und glaubte an Wiedergeburt, dann saß dort Praline, sein kleines Kätzchen in Menschengestalt vor ihm. Noch nie hatte er ein Lebewesen so geliebt wie sein Kätzchen. Das durfte er keinem erzählen, er war doch ein ausgewachsener Mann, dazu noch Boxer. Die Bilder, die er so fürchtete, begannen vor seinem inneren Auge zu laufen. Obwohl es jetzt ein Jahr her war, dass er Praline begraben hatte, stieg die Trauer in ihm auf. Als die Kirmes hier gastierte, hatte er Urlaub, die Boxbude wurde renoviert. Er hatte sich ein schönes Plätzchen ganz in der Nähe des Schlösschens gesucht.

Seine Kindheit und Jugend, die Erinnerungen an seinen prügelnden Vater. Die geglückte Flucht. Die Kirmesleute, die sich seiner annahmen, erst als Mitfahrer auf diversen Karussells. Dann entdeckte der Besitzer der Boxbude, Harry Gross, sein Talent.

Von nun an nannte er sich Ulf, The Wolf, brachte es zu einem eigenen Wohnwagen. Eines Nachts hörte er ein Wimmern, zuerst dachte er „ein Baby", dann wurde ihm klar: „Das ist ein Kätzchen." Vorsichtig öffnete er die Tür, um es nicht zu verschrecken. Es sah so hilflos aus, er merkte, dass es zwischen Flucht und Hoffnung auf Hilfe schwankte. Ein wildes und gleichzeitig zartes Wesen. Besänftigend redete er auf das Samtpfötchen ein, es gelang ihm, das verängstigte Tier in die Arme zu schließen, eine Welle der Zärtlichkeit durchflutete ihn, die er nie erfahren hatte, aber tief in seinem Innern schlummerte. Das Kätzchen spürte die Zuneigung, es gewann

Vertrauen. Ulf päppelte es auf, es wurde eine schöne Katze, die ihm wie ein Hund überall hin folgte, so ging es viele Jahre lang.

Dann passierte letztes Jahr das Schreckliche. Praline beachtete ihn nicht mehr, fraß kaum noch etwas. Sie entfernte sich von ihm, gehörte schon nicht mehr zu ihm, sie verließ ihn, ein Fabelwesen, kaum zu unterscheiden von dem Baum, dem Gras darunter, auf dem sie nun schlief. Er ging mit ihr zum Tierarzt. Der bestätigte seine schlimmen Befürchtungen: „Wenn Katzen sterben, ziehen sie sich zurück." Es war die schlimmste Zeit seines Lebens, nur vergleichbar mit den Ängsten seiner Kindheit. „Das Beste ist, wir erlösen sie", sagte der Tierarzt. So geschah es dann. Er nahm sein totes Kätzchen mit. Er begrub es unter dem Baum, den Praline sich ausgesucht hatte und pflanzte dort einen Rosenstrauch.

Er musste sich zusammenreißen, um Mo nicht anzustarren. „Was hatte Bo gerade gesagt, er lud ihn für heute Abend auf sein Schloss ein?"„Zum Dank, dass Sie mich vor dem Tod durch „Zerquetschen" bewahrt haben. Sie kennen doch das Schloss?" Ulf nickte. Er dachte an Pralines Grab, an den Rosenstrauch. „Dann seien Sie bitte um 18:30 Uhr dort – oder nein – kommen Sie doch etwas früher, dann zeige ich Ihnen das Schloss und wir trinken vorher etwas zusammen" „Ich werde pünktlich da sein", versprach er. Wie in Trance bestellte er ein Taxi für die beiden.

Ulf ließ sich erschöpft auf sein Bett sinken. Die winzige Gestalt, das kleine runde Gesichtchen, die meergrünen runden schräg gestellten Augen, die ihn warm und geheimnisvoll anfunkelten, die kleine Nase, der kleine Mund mit den vollen rosa Lippen, die langen dicken dunkelbraunen Haare glänzten wie das schwarze Fell Pralines, sie verdeckten geschickt die kleinen oben ungewöhnlich spitzen Ohren, ließen sie nur hin und wieder durchblitzen. Die sehr helle Haut kontrastierte stark mit den Haaren, erinnerte ihn an den einzigen weißen Fleck direkt über Pralines Nase. Die Art, wie sie sich auf den angebotenen Stuhl gesetzt hatte, war von katzenhafter Eleganz und Geschmeidigkeit.

Gerade als Ulf zum Schloss aufbrechen wollte, erschien Mirco, sein Freund und Sparringspartner, auf der Bildfläche. „Wo willst *du* denn hin, fragte er Ulf erstaunt. „Zum Schloss", erwiderte Ulf. „Zum Schloss?", wiederholte Mirko ungläubig. „Ja, ich bin eingeladen" antworte Ulf gespielt beiläufig, berichtete ihm dann aber um so ausführlicher die Vorkommnisse des Tages. „Du musst mich unbedingt mitnehmen!", verlangte Mirco.

Das war aufregend, würde ihn davon abhalten, dauernd an Susanne zu denken, er konnte ihre Ankunft kaum mehr erwarten. Er liebte sie so sehr und sie ihn, sonst hätte sie niemals eine Straftat begangen, eine Straftat, um seine Schulden zu tilgen, für die sie ins Gefängnis gehen würde, wenn sie geschnappt würde, was er aber auf jeden Fall zu verhindern wüsste. Er war ihr Beschützer, „mon héro", wie sie ihn nannte.

Begonnen hatte es in der Stadt der Liebe, in Paris. Er war dort hingereist, um als ein Teil des „Schwarzen Blockes" an der Demo gegen den Citronismus teilzunehmen, für „Stimmung" zu sorgen. Das versprach Nervenkitzel, außerdem bekam er Geld dafür, er war im Nebenberuf „Demonstrant". Die „Linken" waren ja so furchtbar harmlos, sie warfen lieber Liebesperlen als Molotowcocktails. Nicht mal die Polizei nahm sie ernst. Das war bei den „Rechten" schon anders. Der „Schwarze Block" verhalf den Linken zu mehr Aufmerksamkeit, er war ein notwendiges Pendant zu den Schlägern der „Rechten" und der Polizei, so eine Demo konnte ein Boxtraining glatt ersetzen. Ausgerechnet auf der Demo, in unmittelbarer Nähe zum „Schwarzen Block, hatte er Susanne kennengelernt, die sanfte weiche Susanne, wie sie dorthin gespült worden war – keine Ahnung. Sie war ihm sofort aufgefallen, ihre langen blonden Haare waren ihm ins Gesicht geflattert. „Je ne voulais pas, excuse moi", rief sie ihm zu. Dabei sah er in ein Puppengesicht mit 2 riesigen himmelblauen Augen. Er liebte die Farbe blau, vor allem das Veilchenblau der Augen seiner Gegner. Er schaute an ihrer Figur hinunter, sie war mollig, er liebte üppige Frauen. Es war um ihn geschehen.

Dem Polizisten musste sie wohl auch aufgefallen sein, obwohl sie nur friedlich demonstrierte ging er auf sie zu, isolierte sie, wollte sie zum Polizeiauto zerren. Er stürzte hinter den beiden her, ein „Upper Cut" und der Polizist ging zu Boden, bevor seine Kameraden ihm zu Hilfe eilen konnten, hatte er Susannes Arm erfasst, sie rannten, stolperten aus dem Gedränge, Transparente, Fahnen, Flüstertüten, alles fegte er zur Seite, sie wichen geschickt den Polizeiknüppeln, dem Pfefferspray und den Wasserwerfern aus. „Rue du Dragon 30!", hatte sie ihm keuchend zugerufen. Sie liebten sich in einem Taumel aus Armen und Beinen bis das Adrenalin versiegte.

Er blieb bei Susanne in Paris. Sie ging morgens in die Kunstakademie, während er seiner Spielsucht frönte, es dauerte auch nicht lange, da ertappte sie ihn in flagranti, als sie sich in der Spielhalle lautlos neben ihn gestellt hatte. Susanne schaute ihn mit ihren großen blauen Puppenaugen zwar enttäuscht an, sie machte aber keine Szene, sie zog ihn mit sich fort, nach Hause auf ihr Bett. Anschließend entwickelte sie Platons Kugelmenschentheorie, wonach die Menschen, die sog. Kugelmenschen ursprünglich 2 Gesichter, 4 Hände und 4 Füße gehabt hätten. Zeus hatte sie wegen ihres Übermutes in 2 Hälften geteilt, in rein männliche und rein weibliche, es gab auch androgyne, die waren besser dran, weil sie sowohl männliche als auch weibliche Merkmale besaßen und alleine zurecht kamen. Die anderen waren jedoch auf die Ergänzung durch den anderen Teil angewiesen. Bei ihr seien die weiblichen Merkmale und bei ihm die männlichen sehr stark ausgeprägt, deswegen sei es kein Zufall, dass sie sich auf der Demo begegnet seien. Sie hätten beide ihren „Kugelmenschen" gesucht und gefunden. Er hielt Platons Theorie für großen „bull shit", was er natürlich nicht laut sagte, er glaubte eher an die „bad boy and good girl Theorie".

Als er schon 3 Monate in Paris war kam ein Anruf von Ulf, der ihn in die Wirklichkeit zurückholte: „3 Männer waren hier", teilte er ihm aufgebracht und besorgt mit, „sie suchen dich, ich glaube die verstehen keinen Spaß, die werden dich finden, sie sagten, du schuldest ihnen € 20.000,00, was hast du bloß wieder angestellt, deine verdammte Spielsucht, sie haben mir gedroht, wenn du ihnen nicht das Geld bringst, brechen sie mir sämtliche Knochen, komm zurück und klär das!". Er kannte die Männer tatsächlich, mit ihnen war wirklich nicht zu spaßen.

Susanne hatte das Gespräch mit angehört, das Mikrofon des Handys war auf „laut" geschaltet „jetzt ist es aus, das ist zuviel", dachte er, traute sich kaum Susanne in ihre wunderschönen Augen zu schauen, sie würden ihre Enttäuschung, ihre Verachtung widerspiegeln. Doch sie überraschte ihn wieder einmal mit ihrer Größe, ihrer Außergewöhnlichkeit. Ängstlich hatte sie sich im Raum umgeschaut als stünden die Geldeintreiber schon hinter der Tür und belauschten ihr Gespräch. Sie hatte sogar die Gardinen zugezogen, die Tür verriegelt. Sie hauchte in sein Ohr: „Ich habe lange nicht mehr daran gedacht, hatte es verdrängt, es ist illegal, aber jetzt muss es sein", sie kramte hastig in ihrer Geldbörse, hielt ihm dann aufatmend, weil sie sie gefunden hatte, eine Visitenkarte unter die Nase, schwenkte sie aufgeregt hin und her.

„Diese Karte habe ich von einem Kommilitonen, was sage ich – *Kommilitone* –", schnaubte sie verächtlich, „er ist gar kein richtiger Student, er hat sich unter uns Kunststudenten gemischt wegen seiner Idee, seiner Geschäftsidee, er hat mich beobachtet beim Malen, nach einem Seminar auf der Treppe fing er mich ab, sprach mich an: „Du bist die talentierteste Malerin, die hier studiert, verdutzt war ich stehen geblieben, geschmeichelt wegen seiner Worte, doch dann fuhr er fort: „wenn du mal Geld brauchst, wende dich an mich, glaube mir, es ist nicht leicht eine berühmte Malerin zu werden, zumal ohne finanzielle Mittel, aber als Fälscherin, da kannst du reich werden".

Er hatte mich erwartungsvoll angeschaut, auf eine positive Reaktion gehofft. Ich musste ihn enttäuschen, ich will meine eigenen Bilder malen, nicht *die* berühmter Maler fälschen, das sagte ich ihm auch, er hatte mich nur mitleidig angeschaut, gab mir die Karte, „hier, falls du es dir noch mal anders überlegst". *Jetzt* habe ich es mir anders überlegt."

Noch in derselben Minute riefen sie den Hehler an, der zu ihrer Erleichterung tatsächlich unter der Nummer zu erreichen war, sie verabredeten sich mit ihm auf dem Flohmarkt Puces de Vanves an einem Stand der Antiquitäten und Bilder feilbot, den Susanne schon oft konsultiert hatte, was der Hehler zu ihrer Irritation wusste und deshalb als Treffpunkt vorschlug. Nach dem Treffen ging alles blitzschnell. Keine Woche, Susanne arbeitete Tag und Nacht und er hatte das Geld in den Händen.

Bei ihrer Ankunft sahen sie Bo höchstpersönlich auf dem Parkplatz warten. Er war etwas erstaunt, weil Ulf noch jemanden mitgebracht hatte, lächelte Mirco aber freundlich an als Ulf ihn vorstellte, „Freut mich, Sie ebenfalls kennenzulernen". Er reichte Mirco und dann Ulf die Hand. Sie machten sich auf zur Schlossbesichtigung.

Mo saß währenddessen in ihrem Ankleidezimmer, um sich zurechtzumachen, sie hatte noch eine Stunde Zeit. Sie dachte an die Models, die da sein würden und verspürte Eifersucht in sich aufsteigen. Als Ulf ihr die Hand gegeben hatte, fiel ihr der Satz ein, den sie so oft in Liebesromanen gelesen hatte: „... und als er sie berührte bekam sie ganz weiche Knie". Ja genauso war es. Seine geballte Männlichkeit machte sie ganz schwach. Obwohl sie sich noch kleiner und unscheinbarer als sonst vorgekommen war, meinte sie, dass auch Ulf den Moment als einen magischen empfunden haben musste, seine Augen schauten sie nämlich ganz zärtlich und sanft an, direkt in ihre Seele. Überhaupt hatte er einen melancholischen Gesichtsausdruck, der im Widerspruch zu seinem „kriegerischen" Erscheinungsbild stand. Würde er sie heute Abend wieder so anschauen? Vielleicht hatte sie sich geirrt und er schaute alle Frauen auf diese Weise an.

Ratlos stand sie vor dem Kleiderschrank ihres Ankleidezimmers, der war mit den tollsten Klamotten gefüllt, dank Sylvie, die ihr immer die heißesten Fummel mitbrachte, sie besuchte nämlich nach wie vor die großen Modeschauen in Mailand, Paris, New York und Berlin, wenn auch nicht mehr als Model. Leider hatte Mo versäumt, die Kleider kürzen zu lassen. Das grüne stand ihr sehr gut, wie sie fand, hauteng changierte es in den unterschiedlichsten Grüntönen wie die Haut einer Schlange. In so einem Moment war sie froh, dass sie so dünn war. Sie griff zur Schere und schnitt es unten herum ab. Als sie es erneut anzog, bemerkte sie, dass sie den Saum nicht gleichmäßig gekürzt hatte. „Wie ungeschickt", schalt sie sich. In einem Anfall von Wut stach sie auf das Kleid ein. Am besten sie blieb auf ihrem Zimmer. Wenn da nicht Ulf wäre, sie wollte ihn so gerne wiedersehen. Außerdem kam gleich ihr Blutsbruder, Alexander Salamander mit seiner Lebensgefährtin, Cloé Rougée. Sie gehörten wie sie zu der Tier- und Naturschutzgruppe „Animals take over". Sie war schon jetzt eifersüchtig auf Cloé, sie könnte niemals die „Dritte im Bunde" sein, das war die ermordete Wölfin.

Was sollte sie denn nun anziehen? Ihr fiel ihr neuester Lieblingspullover ein, lindgrün, aus Mohair, „Omen est nomen", dachte sie. Sie zog ihn an. Er war natürlich wieder zu lang, aber so sparte sie sich eine Hose, sie fühlte sich so weich damit an, als wäre ihr ein Fell gewachsen. Nach dreimaligem Anlauf saß der Lidstrich auch direkt auf dem Lid. Sie malte die Lippen erdbeerrot, tuschte die Wimpern und toupierte ihre Haare turmhoch, im Stile der Fürstin „von Turn und Tutnix", in ihren wilden Zeiten, hinein in die dunkelgrünen High Heels und sie war gestylt.

Mo hatte sich vor dem Schlösschen auf den linken der zwei steinernen Löwen gesetzt, die auf ihren Sockeln rechts und links den Eingang des Tores zur Zugbrücke, die jetzt hochgeklappt war, bewachten, um ihre „Tierschutzgäste" zu empfangen. Der Löwe war längst nicht so weich wie Bimbo, sie kletterte wieder hinunter, sah aber auch schon den roten Sportwagen Alexanders auf dem Parkplatz halten. Mo fand, dass Cloé für eine Boxerin erstaunlich weiblich aussah mit den roten lockigen Haaren, den grauen Augen, die selbstbewusst, aber für ihren Geschmack etwas zu kühl, distanziert, fast schon arrogant auf sie herabsahen. In ihrem grauen ärmellosen Jumpsuit kam die durch das Boxtraining gestählte Oberarmmuskulatur gut zur Geltung um die Mo sie wider Willen beneidete, in den hohen silbern schimmernden Pumps wirkten die Beine überproportional lang. Mo musste an die große Zitterspinne denken, einen Wimpernschlag lang sah sie Cloé, die ihr Netz webte.

Alexander hatte sich zur Feier des Tages in einen schwarzen Smoking geworfen, der wohl seinem Vater gehörte, er schlabberte um seine Arme und Beine, die Ärmel und Hosenbeine waren zu kurz, seine schwarzen Haare sahen zerzaust aus. Er kam auf seine überaus schlanke androgyn wirkende Mutter Ruth heraus, die ihren Mann um etliche Zentimeter überragte. Der promovierte Jurist, mittelgroß, untersetzt, kahlköpfig, wirkte dagegen wie ein Fels in der Brandung.

Mo und Alexander, der sich fühlte als sei er nach Hause gekommen, führten Cloé stolz im Schloss herum, die Ahnengalerie zeigte eine Reihe Männer, die sehr viel Ähnlichkeit mit Bo aufwiesen, aber viel brutaler wirkten. Cloé fühlte sich in ein früheres Jahrhundert katapultiert. Die Frauen waren alle Schönheiten. Dass auch Mo hier verewigt sein würde wurmte Cloé, Frauen wie *ihr* gebührte ein solcher Platz.

Da ging wie von Geisterhand die Terrassentür auf, die nur angelehnt war. Bimbo erschien auf der Bildfläche, er war neugierig, wen Mo da angeschleppt hatte. Cloé und Alexander, die Bimbo noch nicht kennengelernt hatten, wichen erschrocken zurück. Mo beruhigte sie, „er tut euch nichts", seht ihr, sie ging zu ihm und streichelte ihn. Dass die beiden Angst vor Bimbo haben könnten, erschien ihr absurd. Bimbo schmeichelte sich wie er es immer gerne bei Leuten tat bei Alexander ein, indem er sich an dessen Bein rieb, dabei senkte er den Kopf bis auf die Schuhe Alexanders. Es sah wie eine Verbeugung mit dem Versuch eines Kopfstands aus. Alexander musste unwillkürlich lächeln, er streichelte Bimbo wie Mo es getan hatte, nur etwas vorsichtiger. Zu Mos Überraschung machte Bimbo keine Anstalten Cloé zu begrüßen, sondern fauchte dezent in ihre Richtung. „Cloé, die Spinne", da war wieder das Bild. Mo war beunruhigt, wenn Bimbo jemanden nicht leiden konnte, hatte das seinen Grund. Warum gehörte Cloé dem Verein „animals take over" an, darüber hatte sie sich vorher keine Gedanken gemacht. Sie würde sie nachher mal nach ihren Motiven fragen.

Cloé ärgerte sich, dass sie sich fürchtete, sie war *Boxerin*, die Leute fürchteten sich vor *ihr*. Was bildete sich dieses kleine verwöhnte Blag eigentlich ein, am liebsten hätte sie Mo ihre gerade Rechte schmecken lassen, war aber vorsichtig, sie traute Bimbo nämlich nicht über den Weg und Mo war ihr unheimlich. „Kommt, lasst uns gehen", drängte Cloé. Sie zeigten Cloé noch den Teil des wunderschönen Parks, der nicht für die Feier vorgesehen war.

Überraschenderweise trafen sie hier auf Alexanders Mutter Ruth: „Ich wollte noch etwas die Schönheit und Ruhe des Parks genießen, bevor ich mich in den Trubel stürze", erklärte sie ihre Anwesenheit. Ihrer Handtasche entströmte der Duft des Parks, Mo schnupperte dem Geruch nach, Ruth wollte sich sicher zu Hause an seinen Zauber erinnern, Mo konnte gut verstehen, dass Alexanders Mutter einen Strauß gepflückt hatte. Ruth entnahm ihrer Handtasche ein kleines Amulett, wandte sich zu Mo, sagte liebevoll in wichtigem Ton: „Ich wollte es dir nachher schenken, aber ich gebe es dir jetzt schon", sie legte Mo zärtlich einen kleinen Zauberstab ihrer Mutter Estelle in die Hand, den diese ihr zum Abschied mit den Worten geschenkt hatte: „Passen Sie gut auf Bo und Mo auf!" Mo schaute ihn andächtig an, schloss ihre Hand darum. Sie dankte Ruth, drückte sie und das Amulett fest an ihr Herz.

Cloé war entrüstet wegen dieser offensichtlichen Zuneigung zu Mo. Alexanders Mutter hatte ihr noch nie etwas geschenkt, außerdem war sie verärgert, weil Mo soviel über Flora und Fauna zu berichten wusste, sie war doch nie zur Schule gegangen.

Die Party war in vollem Gange. Mo machte ihre Gäste untereinander bekannt. Alle gratulierten ihr zum Geburtstag. Dabei schweiften ihre Blicke unruhig umher. Wo war Ulf? Sie entdeckte ihn an der Bar. Neben ihm stand ihr Vater und noch ein junger Mann, den Ulf mitgebracht haben musste. Sie unterhielten sich angeregt. Als Mo mit Cloé und Alexander auf sie zusteuerten, verabschiedete sich Bo und gesellte sich zu seinem alten Freund aus Studienzeiten, inzwischen Literaturkritiker, Theo Zorn.

Mo stellte Cloé und Alexander vor, sie berichtete den beiden von Ulfs „Heldentat" auf der Kirmes, und Ulf stellte seinen Sparringspartner Mirco Meißen vor. Mirco war ebenso durchtrainiert wie Ulf, er hatte dunkle Augen, dunkle Augenringe, trug einen Irokesenschnitt. Er schaute wie ein Pokerspieler, undurchschaubar. Als er Mo sah, entglitten ihm allerdings kurz die Gesichtszüge, die Katzenhaftigkeit ihrer Erscheinung war auch ihm nicht entgangen. Gleich würde sie ihn kratzen, beißen und fauchen wie Praline es getan hatte, wenn er und Ulf sich ein kleines freundschaftliches Kämpfchen zu Übungszwecken leisteten. Praline, Ulf's verstorbenes

Kätzchen, sein „Ein und Alles", um die sich für Ulf alles gedreht hatte, die der Mittelpunkt seines Lebens war.

Es war Zeit fürs Dinner. Sylvie waltete ihres Amtes. Die Gäste setzten sich an die wunderschön dekorierten Tische, das Silberbesteck auf den weißen Damastdecken funkelte mit den auf Hochglanz polierten Römergläsern um die Wette. Die aufgestellten Kerzenlüster warfen warme Schatten Lichts auf Gäste und Umgebung, die Lichterketten leuchteten wie die Sterne am Himmel. Die Band machte Pause, gesellte sich zu den Gästen, die Grillen übernahmen mit ihrem Gezirpe. Es war eine wundervolle Sommernacht.

Das Essen näherte sich dem Ende. Plötzlich wurde es ganz still. Die Gäste unterbrachen ihre Gespräche, das Klingen der Gläser und das Klappern des Bestecks verstummten, alle Blicke richteten sich auf eine Frau, die, ohne dass es jemand bemerkt hatte, in ihrer Mitte stand.

Da stand sie, die personifizierte Verführung, *Raja*. Vom Licht des Vollmonds angestrahlt, in einem transparenten lavendelfarbenen bodenlangen Abendkleid wirkte sie fast nackt. Die schwarzen, kaum zu bändigenden Haare, quollen unter der hinten offenen Kapuze des Abendkleides hervor, große bunte Armreifen zierten ihre Handgelenke. Ein Ah! und Oh! machte die Runde.

Mo war kreidebleich geworden. Ihr Weinglas fiel aus ihrer Hand. Stand sie zunächst wie angewurzelt da, lief sie nun wie eine Gejagte fort in die Dunkelheit, die sie verschluckte. Sylvie löste sich als Erste aus der Erstarrung, sie ging auf die Person zu: „Hallo, Raja, schön, dass du zu so später Stunde zu uns gefunden hast", sagte sie laut für die Galerie, leise zischte sie Raja ins Ohr: „Wieso kommst du hierher? Wie bist du überhaupt hereingekommen?" Sie führte sie an den Tisch von Polizeidirektor Lucas Lex und Richter am Verwaltungsgericht Holger Gold. Sylvie ließ dem späten Gast noch etwas aus der Küche bringen. Die beiden Männer waren ganz verlegen angesichts dieser Schönheit und bemühten sich um Konversation.

Mo flüchtete in ihre Laube. Sie warf sich auf die Bank und schluchzte hemmungslos. Hier hatte sie viel Zeit mit Yellow Eye verbracht, wenn sie erschöpft waren vom Herumstreifen oder Schutz vor der Sonne suchten. Ihr Kopfkino spulte den alten Film ab, sie konnte ihn nicht anhalten. Bimbo hatte es im letzten Jahr vortrefflich geschafft, die Dämonen der Vergangenheit in Schach zu halten, aber heute, das Erscheinen Rajas, war zu viel.

Yellow Eye, ihr geliebter Wolf, das Kind ihrer einsamen Wölfin. Sie waren unzertrennlich. Die Felder, der Wald, die Wiesen, ihre Trauerweide am Fluss, auf dem die Enten Kopfstand machten, Schwäne stolz umher segelten, Reiher bewegungslos wie Statuen von einem dicken, ins Wasser ragenden Ast aus nach Beute starrten, Blumen, kleine Insekten, Bienen, Hummeln, der Duft des Frühlings, des Sommers, sie sogen alles in sich auf, tollten wie die Kinder umher, lebten im Jetzt und Hier, sie waren glücklich.

Dann war Raja aufgetaucht. Sie kannte Sylvie von verschiedenen gemeinsamen Projekten aus der Filmbranche.

Sylvie und Bo waren inzwischen ein Paar und der Einzug Sylvies ins Schloss beschlossene Sache. Sylvie und Mo spürten, welche Anziehungskraft Raja auf Bo ausübte, er nannte sie Estelle, er glaubte, Estelle sei zu ihm zurückgekehrt. Es war Wahnsinn. Sylvie setzte ihren starken Willen dem Rajas entgegen, ihr dunkler Blick konnte ihr nichts anhaben. War sie in Bos Nähe, wirkte Rajas Zauber nicht, Bo erkannte dann die Soziopathin in Raja, ihr unmoralisches, sadistisches, vulgäres Wesen.

Mo hatte Yellow Eye gesucht. Wo war er nur? Sie hielten es nie lange ohne einander aus. Er konnte doch nicht weit weg sein. Dann fand sie ihn, leblos, am Flussufer liegend. Sie stürzte sich über ihn. „Wach auf, steh auf", schrie sie angsterfüllt, Schaum quoll aus seinem Mund, so gut es ging nahm sie ihn in ihre Arme, wiegte ihn wie ein kleines Kind. Es half nichts. Mo konnte es nicht glauben, ihr quicklebendiges Tierchen sprang nicht vor Lebensfreude um sie herum. Wut und Verzweiflung krochen in ihr hoch. Warum hatte sie Yellow Eye nicht beschützt. Sie hätte wissen müssen, wozu Raja fähig war.

Wie eine Furie war sie in Rajas Zimmer gestürmt, auf sie losgegangen. Überrumpelt von der Kraft, die Wut und Zorn Mo verliehen, konnte sie die Schläge kaum abwehren. Dann schlug sie zurück, es entfachte sich ein Kampf auf Leben und Tod. Sylvie und Bo, die von dem Lärm angelockt worden waren, eilten herbei, schon sah es so aus, als würde Raja die Oberhand gewinnen, Bo und Sylvie warfen sich ins Getümmel, sie schafften es unter größter Anstrengung und weil auch das Personal zu Hilfe eilte, die beiden zu trennen. Raja verkündete theatralisch, indem sie den Kopf in den Nacken war, ihre Haare glattstrich: „Das hat ein Nachspiel!" und rauschte erhobenen Hauptes von dannen.

Vergiftet. Yellow Eye war vergiftet worden. Unwiederbringlich. Sie wollte sich an Raja rächen, so wie sie Yellow Eyes Mutter gerächt hatte. Stundenlang lag sie auf ihrem Bett, starrte an die Decke, warf sich hin und her, bis der Alkohol ihr einige Stunden unruhigen Schlafs bescherte, schreckliche Träume, in denen Raja triumphierte, höhnisch grinste, ihr hämisch ins Gesicht lachte. Aus den Träumen hochgeschreckt, entwickelte sie Mordfantasien, keine Folter konnte grausam genug für Raja sein. Sie ins Verlies zu werfen und dabei zuzusehen wie sie langsam verhungerte war noch eine der mildesten Varianten. Wie sollte sie Raja finden, wie in ihre Gewalt bringen?

Eines Nachts, als sie sich Nachschub aus dem Weinkeller holte, um bessere Ideen entwickeln zu können, sprach ein kleines Mäuschen sie auf der Treppe an: „Ich kann dir helfen, ich habe den Beweis, dass Raja Yellow Eye ermordet hat. Du kannst sie ins Gefängnis bringen mit meiner Hilfe." Abrupt blieb Mo stehen, „sprich Mäuschen, erzähl mir alles, ich gebe dir Käse soviel du willst", sagte Mo aufgeregt. „Das Mäuschen sprach: „Ich habe im Wald gelebt. Dort habe ich des Öfteren die dunkelhaarige Frau mit dem bösen Blick gesehen, sie hat Yellow Eye und dich mit dem Fernrohr beobachtet, in einer Vollmondnacht ist sie durch den Zaun geklettert, ohne sich zu verletzen und hat vergiftete Köder ausgelegt. Viele meiner Verwandten sind daran gestorben, sie waren unvorsichtig, haben mir nicht geglaubt. Ich habe mich auf den Weg gemacht, dich zu warnen, es ist aber ein so langer Weg für eine kleine Maus vom Wald zum Schloss." Das Mäuschen versprach Mo, vor Gericht auszusagen.

Nach dieser Begegnung lief sie zu ihrem Vater und Sylvie, riss sie aus dem Schlaf. „Vater, Sylvie aufwachen, ich habe den Beweis, Raja hat Yellow Eye umgebracht, wie wir es vermutet haben, das Mäuschen hat mir alles erzählt, es kann bezeugen, dass es Raja war! Ruft die Polizei an, sie müssen Raja suchen und verhaften!"

Sylvie richtete sich im Bett auf, „langsam Mo, beruhige dich, erzähl uns der Reihe nach was passiert ist." Mo erzählte die Geschichte, ihr Vater glaubte ihr, aber Sylvie sagte: „Liebe Mo, ich glaube deine Fantasie spielt dir einen Streich, überlege doch mal, du trinkst in letzter Zeit so viel, da kann es passieren, dass man etwas sieht, was gar nicht da ist. Selbst wenn deine Geschichte stimmt, die Polizei wird nicht glauben, dass du mit Tieren sprechen kannst. Sie werden dich für verrückt halten". Sie selbst hielt Mo auch für nicht normal. Sie war liebenswert, aber verrückt. Sie konnte Tierstimmen imitieren, das musste sie zugeben, doch mit Tieren kommunizieren, das war ein Wunschtraum von Mo. Sie war schließlich die Tochter eines Schriftstellers und verfügte über viel Fantasie.

„Denk doch auch an die Löwen, die Polizei wird fragen, wie es denn möglich sei, dass fremde Personen auf unser Gebiet gelangen können, sie werden vermuten, dass das Anwesen nicht richtig gesichert ist. Du weißt, welche Angst die Leute im Dorf haben. Wir wollen doch nicht, dass die Löwen in einen Zoo müssen. Schlossbewohner sind von jeher Gegenstand der Fantasie. Das war schon immer so."

„Du glaubst mir also nicht", Mo war verzweifelt, begann zu schluchzen. Bo wollte die Situation beschwichtigen, sprach von Obduktion, die man versäumt habe. Sylvie verlor langsam die Geduld. „Yellow Eye ist tot, wir sollten ihn in Frieden ruhen lassen." Zu Bo gewandt fuhr sie fort: „Du solltest dir lieber Gedanken über deine Tochter machen, sie wird zur Alkoholikerin, sie braucht eine Therapie."

Bo wurde zornig. „Erzähl du mir nicht, was Mo braucht, ich bin ihr Vater, ich weiß besser, was für sie gut ist." Mo erkannte mit Schrecken, dass Sylvie und Bo begannen, sich ernsthaft zu streiten. Das wollte sie nicht. „Hört auf zu streiten, Sylvie hat recht, ich muss aufhören zu trinken. Ab morgen trinke ich nicht mehr, versprochen." Sie sahen sie erstaunt an. Mo ging zu ihnen, drückte erst Sylvie, als sie ihren Vater umarmte raunte er ihr für Sylvie unhörbar ins Ohr: „Du wirst deine Genugtuung bekommen, warte nur ab", etwas getröstet verließ sie das Zimmer.

Am nächsten Tag ging Mo zum Bahnhof. Sie hatte sich eine Kurzhaarperücke übergestülpt und Klamotten angezogen, die sie sonst für die Gartenarbeit benötigte. Am Bahnhof sprach sie einen Typen auf Drogen an. Sie zückte 5 200,00-Euroscheine. Das verfehlte nicht seine Wirkung. Mo entschied sich für Laudanum. Sylvie, die, wie sie meinte, heimlich Mos Zimmer kontrollierte, fand nun keine leeren Flaschen mehr.

Mo vermisste Yellow Eye immer mehr, alles erinnerte sie an ihn, jeder Strauch, jede Blume, an der er geschnuppert hatte. Sie nahm ihre Drogen, versorgte die geliebten Löwen.

Dann kam **Bimbo** in ihr Leben, das veränderte **Alles**. Es war der glücklichste Moment seit langem als ihr Vater an ihrer Tür geklopft und das rotbraune Geschöpf mit der schwarz gestreiften Zeichnung in ihr Bett gelegt hatte, das Tigerbaby aus dem Zoo, dessen Mutter es ablehnte.

Der Zoodirektor hatte zum Glück ein Einsehen für das Anliegen ihres Vaters gezeigt, auch Zoodirektoren benötigen Geld. Sie begann den kleinen Tiger mit der Flasche groß zu ziehen, nannte ihn Bimbo. Von nun an nahm sie kein Laudanum mehr, sie deckte sich nur noch mit einigen Fläschchen für eventuelle Notfälle ein.

Was sollte sie nun tun. Raja war zurückgekehrt. Sie musste etwas unternehmen, nur nicht jetzt. Die Party war noch in vollem Gange. Sie hörte von Ferne leise die Musik. Sie war ausgeschlossen, eine einsame kleine Wölfin.

Da teilten sich die Blätter und Zweige, die den Eingang zur Laube wie zu einer Höhle verdeckten. Wie von einem Magneten angezogen fand Ulf die Laube, Mo lag zusammengekrümmt auf einer Bank. Er schloss sie in seine Arme. Sie klammerte sich an ihn und weinte hemmungslos. Er küsste ihr die Tränen von den Wangen. Schließlich beruhigte sie sich. Langsam erwiderte sie seine Küsse, die immer drängender, leidenschaftlicher wurden. Sie sah die Begierde in seinen Augen, auch sie spürte eine bis dahin nie gekannte Erregung in sich aufsteigen. Sie wehrte sich nicht als er sie mit einigen geschickten Handgriffen entkleidete. Sie schaute ihm zu wie er schnell aus seinen Hosen schlüpfte und sein Hemd von seinem Körper riss. Sie konnte den Blick nicht abwenden, so sehr faszinierte sie sein Anblick. Als Ulf in sie eindrang war der Schmerz stark dem triumphierend die Lust folgte.

Anschließend lagen sie erschöpft ineinander verknotet auf der Bank. Langsam fanden sie aus ihrer Ekstase. Ulf war besorgt, dass er ihr wehgetan haben könnte, aber sie beruhigte ihn, bedeckte seinen Körper mit Küssen. Ulf liebte und begehrte sie. Sie war glücklich, rollte sich wie ein kleines Tier zusammen, der kleine Tod übermannte sie.

Bimbo war enttäuscht. Er hatte ihr jetzt zum dritten Mal übers Gesicht geleckt. Wo blieb seine kleine Erfrischung in dieser Tropennacht, ihr Ritual. Endlich reagierte Mo und goss ihm das eisgekühlte Mineralwasser aus dem Sektkübel über seinen Kopf. Obwohl überall im Schloss Wassertöpfe verteilt waren und er gerne in der Regentonne badete, liebte er diese Erfrischung aus Mos Hand besonders.

Mo schaute sich verwundert um. War sie nicht in der Laube mit Ulf? Jetzt erinnerte sie sich. Raja war auf der Party aufgetaucht. Sie war fortgelaufen, in ihr Zimmer gestürmt, hatte die Bücher aus dem Regal ihres Bücherschrankes gefegt und mit Erleichterung die dort versteckten Laudanumfläschchen gefunden. Ohne zu überlegen, hatte sie ein Fläschchen geleert. Dann war sie zur Laube gerannt. Oder doch nicht? Hatte sie sich ins Bett gelegt, die Decke über den Kopf gezogen, das sähe ihr ähnlich? Das Laudanum tat seine Wirkung, es gaukelte ihr die Liebesnacht mit Ulf vor? So musste es gewesen sein. Alles nur ein Traum. Bimbo holte seine Bürste. Mo nahm sie ihm dankbar ab und striegelte ihn. Ihre Nerven beruhigten sich, Bimbo war bei ihr, das war die Hauptsache. Ihm durfte nichts passieren. Sie hatte Yellow Eye nicht beschützt, auf Bimbo würde sie aufpassen. Den Traum hatte ihr Raja gesandt, sie wollte sie ablenken, in Sicherheit wiegen. Vielleicht war auch Ulf mit den Mächten des Bösen liiert. Sie musste an Rübezahl denken, er hatte seinen Wald wegen der Liebe verraten, doch noch rechtzeitig war er dorthin zurückgekehrt. Sie drückte Bimbo fest an sich, kein Ulf der Welt durfte sie so aus dem Gleichgewicht bringen.

Gegen Mittag erwachte sie, spürte Bimbos Pranke über ihren schmalen Körper gelegt. Zusammen gingen sie in die Küche. Maggie hatte schon das größte Chaos beseitigt. Skeptisch und missbilligend schaute Maggie Mo an. „Du hättest dich ruhig von Bo und Sylvie verabschieden können." „Wieso verabschieden?", frage Mo. Dann fiel ihr ein, dass ihr Vater und Sylvie nach Berlin fahren wollten, um Sylvies Eltern zu besuchen. Anschließend wollte Sylvie zur fashion week und Bo zu seinem Verleger. „Ach ja, stimmt, das tut mir wirklich leid, ich werde sie nachher anrufen und mich entschuldigen", schlug Mo vor. „Das mach auch mal", empfahl Maggie, die aus dem Ruhrpott stammte und stellte ihr eine Tasse Kaffee hin. Mo schlürfte ihren Kaffee, Bimbo verspeiste sein Frühstück.

Anschließend trotteten sie zu ihrer Trauerweide am Fluss. Bimbo stürzte sich ins Wasser, um zur kleinen

Insel im Fluss zu schwimmen. Sie tat es ihm gleich, entledigte sich schnell ihrer Kleider, kletterte auf Bimbos Rücken, gemeinsam schwammen sie hinüber. Was für ein herrlicher Sommertag! Schluss mit dem Selbstmitleid. Sie ließen sich die Sonne auf den Pelz bzw. die Haut scheinen. Mit Raja würde sie schon fertig, das wäre doch gelacht! Auf keinen Fall käme Raja ungeschoren davon. Ihr Vater würde ihr helfen, das hatte er versprochen.

Am Nachmittag trafen Rick Morgan, im Kommissariat Rick Klick genannt, mit seinem Partner Pattrick Palmer, im Sheraton Hotel ein. Sie waren das beste Team, das ihr Chef Mathias Müller aufweisen konnte.

Nun standen sie vor der Suite des Models und der Schauspielerin Raja Luvlee, Raja Luvlee war ein Begriff wie Marylin Monroe. Auf dem Schild neben der Tür stand in goldenen verschnörkelten Buchstaben „Suite Raja", darunter hatte jemand, ein Fan vermutlich, geschrieben, „sweet Raja" und ein zierliches Frauenbild darüber gemalt, ein kleines Kunstwerk.

Gerufen worden waren sie von Cloé Rougée, dem Shootingstar der Boxszene und vom Geschäftsführer des Hotels, Lars Lübbe. Sie hatten Raja bewusstlos im Bett aufgefunden. Inzwischen war Raja im Krankenhaus, in kritischem Zustand. Pattrick leitete die Befragung. Er erfuhr von der Freundschaft zwischen Cloé und Raja. Sie hatten sich für den nächsten Morgen nach der Party bei den Hairs zum Katerfrühstück in Rajas Suite verabredet. Raja hatte auch nach mehrmaligem Klopfen, Rufen und

Anrufen nicht aufgemacht, so hatte Cloé besorgt den Geschäftsführer gerufen, berichtete sie.

„Wie lange kennen Sie Raja?", wollte er nun von Cloé wissen. „Noch nicht sehr lange. Vielleicht ein Jahr, etwas länger. Wir sind des Öfteren bei denselben Leuten zu Gast, laufen über dieselben roten Teppiche", schniefte sie in ihr Taschentuch.

Cloé dachte an Raja. Sie waren einander auf der Party nach ihrem gewonnenen Boxkampf vorgestellt worden. Sie fühlten sich zueinander hingezogen, Raja und sie, wie es bei verwandten Seelen oft der Fall ist. Mindestens einmal die Woche trafen sie sich bei Raja.

Pattrick wurde ungeduldig, Cloé starrte vor sich hin in Gedanken versunken, antwortete nicht? Ungeduldig bat er: „Erzählen Sie weiter." Cloé rappelte sich zusammen, sie zögerte, „ich weiß nicht genau wie ich es erklären soll, Raja fühlte sich bedroht." „Bedroht? Von wem?", fragte Pattrick. „Von den Hairs –, Bo –, Sylvie -, Mo -", gab Cloé ausweichend, vage an.

„Erzählen Sie uns das doch etwas genauer", forderte Pattrick Cloé auf. Cloé fuhr fort: „Ich kenne Mo durch die Tier- und Naturschutzgruppe „animals take over." Meinen Freund Alexander Salamander-Spinnoso, den kennen Sie sicher auch?" Sie schaute Pattrick an, er nickte mit dem Kopf, „der Pianist?" „Ja, genau, das ist mein Lebensgefährte, er hat mich mitgenommen zu den Treffen der Gruppe", fuhr Cloé fort. „Mo und er verstehen sich sehr gut, kennen sich seit Kindertagen. Mo lud uns deshalb zu ihrer Party gestern auf ihr Schlösschen ein. Raja war nicht eingeladen, „aber Sie sagten doch eben, dass Raja auf der Party war, und sie sich am nächsten Morgen, also heute, bei ihr zum Katerfrühstück treffen wollten", unterbrach Pattrick sie. „Wahrscheinlich hatte sie trotz ihrer Angst beschlossen, später zur Party zu erscheinen, um Sylvie, Bo und Mo zu schocken", erklärte sie dem Polizeibeamten. „Sie sagen, Raja hatte Angst, warum hatte Raja denn Angst vor den Hairs?" erkundigte sich Pattrick. „Ja, sehen Sie, ich weiß gar nicht, ob ich Ihnen das alles erzählen soll", hub Cloé zweifelnd an, „aber angesichts des Geschehens –, Raja hatte eine leidenschaftliche Affäre mit Bo, und zwar als Sylvie und Bo schon zusammen auf dem Schloss lebten, es war während der Modeaufnahmen vor einem Jahr, Bo wollte sich sogar von Sylvie trennen. Aber Mo konnte Raja nicht ausstehen und Bo tut alles was seine Tochter will, sie ist ein verwöhntes kleines „Blag", entschuldigen Sie den Ausdruck, aber so ist es, ich konnte mich selbst davon überzeugen.

Da Bo jemanden suchte, der sich ums Schloss kümmert und seiner Tochter eine mütterliche Freundin ist, stellte er seine eigenen Wünsche hinten an, er beendete die Beziehung. Raja war verletzt wegen dieser Demütigung. Was sie beunruhigte war die Tatsache, dass Mos Wolf am Abend ihrer Abreise tot aufgefunden wurde, Mo war ausgerastet, sie war wie eine Furie auf Raja losgegangen, wollte sie umbringen, schrie immer wieder. „Mörderin, Mörderin!!!" Raja war geradezu geflüchtet. Das war vor einem Jahr, schon lange her.

„Bleiben wir mal bei Mo, trauen Sie ihr denn eine solche Tat zu", insistierte Pattrick. „Wenn ich ehrlich bin, ja", gab Cloé zu. „Mo ist fanatisch, sie will ein Paradies für Tiere aus dieser Welt machen, Menschen sind da zweitrangig. Sehen Sie, die Sache mit Bimbo, wer hat schon einen Tiger als Haustier? Sie ist mir unheimlich. Sie hat ihn dressiert, ich hätte nicht geglaubt, dass es so etwas wirklich gibt. Als wir bei ihr zu Besuch waren, kam Bimbo ins Zimmer, Alexander durfte ihn streicheln, dann gab sie Bimbo ein Zeichen, er fauchte mich an, sie wollte mir Angst machen, aus irgendwelchen Gründen mag sie mich nicht, vielleicht wegen Alexander, sie kennt ihn schon lange, möglicherweise ist sie eifersüchtig. Aber das sind nur Spekulationen. Sie weiß auch, dass ich mit Raja befreundet bin, „vielleicht deshalb", meinte Pattrick." „Möglich, ist es", bestätigte Cloé. „Was geschieht denn nun", wollte sie wissen. „Wir müssen abwarten was die Untersuchungen Dr. Engels aus der Forensik ergeben. Vielen Dank Cloé, vielen Dank Lars. Das war es fürs Erste." Pattrick und Rick verabschiedeten sich.

Sie ließen sich in die Sitze Ricks Oldtimer-Admiral plumpsen. „Was hältst du von der Geschichte", Pattrick schaute Rick von der Seite an. „Interessanter Fall, hoffentlich schafft sie es und bleibt am Leben, meinte dieser besorgt. Pattrick bemerkte, dass Rick ein großer Raja-Fan war, er kannte alle ihre Filme. „Wir werden viele Leute befragen müssen. Am besten wir fangen morgen mit Mo an, vielleicht ist es ein Volltreffer", hoffte Rick.

Am nächsten Morgen gingen sie in die Forensik. Dr. Engel hatte sich mit dem behandelnden Arzt im Krankenhaus in Verbindung gesetzt. In Rajas Körper waren Spuren von Seidelbast gefunden worden. „Seidelbast ist ein ein bis zwei Meter hoher Strauch, die Blüten sind rosafarben, sie entwickeln einen starken Duft. Die Beeren ähneln in Form und Farbe Johannisbeeren. Das Gift befindet sich im Samen der Beeren, Mezerin, und der Rinde des Strauches, Daphnetoxin", dozierte Dr. Engel. Raja hat Glück gehabt, ein paar Beeren mehr und sie wäre gestorben.

Bevor Dr. Engel seine Vorlesung fortführen konnte, unterbrach ihn Rick. „Das reicht uns fürs Erste. Vielen Dank, Dr. Engel, Sie haben uns wie immer sehr geholfen." Beleidigt, wegen der abrupten Unterbrechung, wandte sich Dr. Engel ab. Mit dieser Information fuhren sie zum Schloss.

Eine Hausangestellte öffnete ihnen. Sie erfuhren, dass Bo und Sylvie in Berlin seien. Die Angestellte ließ sich die Ausweise zeigen, dann holte sie Maggie.

Die Beamten stellten sich erneut vor und zückten erneut ihre Ausweise. Maggie schien verblüfft, es kam aber kein Wort des Mitleides aus ihrem Mund als sie von Rajas Vergiftung erfuhr. „Dürfen wir uns im Schloss und der Umgebung umschauen, wir müssen auch mit Mo sprechen", bat Rick. „Ich weiß zwar nicht wieso Sie zu uns kommen, aber schauen Sie sich ruhig um, Mo finden Sie vielleicht am Fluss mit Bimbo. Bimbo ist ein Tiger, aber Sie brauchen keine Angst zu haben. Ich wollte Sie nur vorwarnen", erklärte Maggie. „Ich habe noch in der Küche zu tun, Sie entschuldigen mich", damit verschwand sie.

„Am Besten wir beginnen mit dem Park und schauen, ob es dort Seidelbast gibt", schlug Rick vor. Beide waren sehr beeindruckt von der ganzen Kulisse, schon der Weg zum Hügel durch die wunderschöne Landschaft, das imposante Schloss und jetzt der Park ...

Dann fanden sie einen Strauch, einen Seidelbaststrauch. Sie konnten jedoch nichts Auffälliges an dem Busch erkennen. Sie machten Aufnahmen. Sicherlich müssten sich noch Spezialisten mit dem Strauch beschäftigen. Rick meinte zu Pattrick: „Sollen wir wirklich Mo suchen, mir ist nicht ganz wohl bei dem Gedanken, dass hier ein Tiger frei herumläuft, wir haben den Seidelbaststrauch gefunden, lass uns von hier verschwinden, wir werden Mo schriftlich vorladen".

Ohne es zu bemerken hielten sie die Hände griffbereit an ihrem Revolver, der an einem Holster unter der Anzugjacke versteckt war. „Wer sind Sie, was suchen Sie hier, warten Sie!" Die beiden Kommissare drehten sich um. Sie sahen eine winzige Person und einen großen Tiger, das mussten Mo und Bimbo sein. „Wir sind von der Polizei, dies ist mein Kollege Pattrick Palmer", Rick zeigte zu Pattrick hinüber und ich bin Rick Morgen", rief er aus einiger Entfernung Mo zu.

„Wir sind gekommen, um Sie über die Vergiftung von Raja Luvlee zu informieren." Mo und Bimbo blieben abrupt stehen, Mo zeigte eine ähnliche Reaktion wie Maggy zuvor. „Ist das wahr? Die Giftmischerin vergiftet?! Ist sie tot, erkundigte sich Mo erwartungsvoll. „Yellow Eye, mein Yellow Eye, geliebter Yellow Eye, sie sandte heimlich ein Stoßgebet zum Himmel, siehst du, sie hat dafür bezahlen müssen."

„Nein, sie lebt, ihr Zustand ist kritisch", erklärte Pattrick. Die Kommissare, die sich nun näher an Mo und Bimbo herangewagt hatten sahen keine Erleichterung eher Enttäuschung in Mos Gesicht aufblitzen. Mo wandte sich an die beiden Kommissare: „Vielen Dank, dass Sie sich extra hierher bemüht haben, um mir von Rajas Vergiftung zu berichten. Sehr aufmerksam von Ihnen. Ich werde Sie zu Ihrem Auto begleiten", bot Mo an. Sie wollte die Beamten nun schnell loswerden, sich auf ihr Bett werfen und die Nachricht verarbeiten. „Langsam, langsam, junge Dame, das ist noch nicht alles, wir möchten, dass Sie morgen um 15:00 Uhr auf unser Präsidium kommen, wir haben noch einige Fragen an Sie", erklärte Pattrick.

Unvermittelt sah Mo Raja wie in einem ihrer Träume hämisch grinsen, schlagartig wurde ihr klar, dass die Kommissare *sie* für die Giftmischerin hielten. Sie bekam Angst. Bimbo spürte ihre Angst. Er fauchte wie der Löwe von Goldwyn Mayer, ein Sprung würde reichen und die beiden ergriffen die Flucht. Bimbo setzte zum Sprung an, wie gelähmt sah Mo das schöne stolze geschmeidige Tier sich vom Boden mit den Hinterbeinen abstoßen ...

Als sie aus der Ohnmacht erwachte, sah sie die verhassten Gesichter der Kommissare über sich gebeugt, sofort war die Szenerie da, in slow motion sah sie Bimbo springen, sie hörte den Knall, Bimbo ihr kraftvoller Tiger fiel zu Boden, tot, erschossen von diesen Unwürdigen ...

Tränen der Wut und Ohnmacht liefen ihr übers Gesicht, sie sprang auf, wollte zu Bimbo… wo war Bimbo?

„Wo ist er, wo haben Sie ihn hingeschafft?", schrie sie die beiden an. Pattrick und Rick schauten sich an: „Wo war Bimbo?" Auch sie sahen ihn nicht mehr an der Stelle liegen, an der er tödlich getroffen zu Boden gefallen war. „Wir, wir mussten uns um *Sie* kümmern, wir, wir haben nicht hingesehen", stotterte Pattrick. Mo trat wild um sich, schlug auf die beiden ein. Sie rannte los, sie musste ihn finden, er hatte sich fortgeschleppt, er war verletzt, brauchte ihre Hilfe. Warum hatte sie ihre Angst nicht unterdrücken können, sie hätte wissen müssen, wie das mutige Tier reagieren würde, ihre Selbstvorwürfe waren unerträglich. Mo lief zum Fluss, durch den Wald, zur Laube, in ihr Zimmer – immer wieder – schließlich brach sie erschöpft zusammen. Der herbeigerufene Arzt gab ihr eine Beruhigungsspritze.

Die Beruhigungsspritze tat ihre Wirkung, verhinderte aber nicht den Traum. Sie sah ihre Mutter in ihrem Wohnwagen sitzen bei gedimmtem Licht, die langen schwarzen Haare wurden von einem ebenso langen grünblauen Seidentuch aus der Stirn gehalten, ihr Blick war konzentriert auf eine Glaskugel gerichtet, die sie in ihren Händen drehte: „Geliebte Mo, mein liebes Kind, sei nicht blind, Bimbo fliegt im Wind. Zwei Jahre hast du Zeit, wir geben dir Geleit. Rette Tiere aus der Not, Bimbo ist nicht tot. 4 Aufgaben musst du bestehen, dann wirst du Bimbo wiedersehen, nutze die Gelegenheit, zwei Jahre hast du Zeit …"

Mo richtete sich im Bett auf, im hellen Mondlicht sah sie einen Raben auf einem Ast sitzen, seine schwarzen Knopfaugen funkelten wie Diamanten, er schaute zu ihr herüber, spreizte sein Gefieder, sie nickte ihm zu, da flog er davon.

Was sollte sie bloß tun. Sie brauchte neues Laudanum, sonst würde sie verrückt. Aus ihrem Safe nahm sie € 5000,00. Sie setzte ihre blonde Kurzhaarperücke auf und machte sich auf den Weg zum Bahnhof. Selbst die Dealer und Drogenabhängigen schliefen noch um diese Zeit.

Auf einmal sah sie Licht und hörte Stimmen, die sich angeregt unterhielten. Die Klause des Grillotheaters hatte geöffnet. Mo schob sich auf einen Stuhl in der Nähe der Theke, orderte ein Glas Rotwein und einen Schnaps. In einem Zug trank sie erst den Schnaps und schüttete den Rotwein hinterher. Sie bestellte sofort das Gleiche nochmal.

Als sie von ihrem Glas aufblickte sah sie direkt in die Augen eines Mädchens in ihrem Alter, das sie beobachtete. Die Augen waren so groß und leuchteten wie Kirchenfenster, die von der Sonne angestrahlt werden. Einen Augenblick lang glaubte Mo in einer Kirche und nicht in einer Bar zu sitzen. Mo bestellte noch einen Rotwein. Aus einem Impuls heraus bestellte Mo für das Mädchen ebenfalls einen Rotwein. Ein Lächeln wechselte zu Mo. „Darf ich mich zu dir setzen?", wollte es wissen. „Von mir aus", erwiderte Mo und starrte weiter vor sich hin. Das Mädchen setzte sich neben Mo, „ich heiße Susanne, ich komme aus Paris", stellte sie sich vor. „Ich bin Mo, von irgendwo", entgegnete Mo und orderte nun eine ganze Flasche Rotwein.

Schweigend tranken die Mädchen, hingen ihren Gedanken nach. Langsam leerte sich das Lokal, der Kellner lehnte an der Theke, er wollte endlich Feierabend machen. Als die letzten Gäste gegangen waren kam er an ihren Tisch, „wir schließen jetzt", gab Mo die Rechnung. Mo zahlte, dann standen sie draußen vor der Tür. „Wo wohnst du, wie kommst du nach Hause", fragte Susanne. Mo zuckte die Schultern. „Wenn du willst, kannst du mit mir zu meinem Freund kommen, er wohnt hier in der Nähe, er kommt aber erst in ein paar Stunden, wir haben miteinander telefoniert, er weiß, dass ich komme." „Okay, wenn du meinst", willigte Mo zögernd ein.

Sie spazierten zu dem kleinen Park in der Nähe des Sheraton Hotels, legten sich ins Gras. Susanne zauberte zwei Decken aus ihrem Rollkoffer, sie gab eine Mo. Beide kuschelten sich ein. „Siehst du den „kleinen Bären und den großen Wagen", wollte Susanne wissen, sie deutete zum Himmel. Mo schaute hinauf, nickte fasziniert. Alles um sie herum funkelte, es gab kein „oben" und „unten" mehr, ihr wurde fast schwindelig. Dann sah sie IHN, aufgeregt zeigte Mo zum Himmel, „schau, guck dir das an, siehst du den kleinen Wolf?" fragte Mo. Susanne folgte mit den Augen dem ausgestreckten Arm. „Tatsächlich, ich sehe ihn, er leuchtet gelb wie der Mond", erwiderte Susanne erstaunt. Wie oft habe ich am Ufer der Seine gelegen und den Himmel beobachtet, aber den „kleinen Wolf" habe ich noch nie gesehen. „Das ist Yellow Eye, mein Wolf", erklärte Mo. Traurigkeit drückte sie tief ins

Gras, jetzt erst bemerkte sie den Raben direkt auf dem Ast über sich, „liebe Mo sei nicht bedrückt, bald ist die erste Tat geglückt, Glück, Glück, Glück, nicht zurück, nicht zurück... krächzte er noch ein paar Mal. Mo beschloss nicht mehr zurück zum Bahnhof zu gehen, sie würde Susanne folgen.

Vor der Rottstraße Nummer 5, nicht weit vom Grillotheater entfernt, blieben sie stehen. Unten im Haus befand sich die Verbraucherschutzzentrale. Der Hausflur war eng, aber nicht ungepflegt, aus vielen Briefkästen quoll die Post heraus. Im dritten OG blieben sie etwas atemlos vor einer Tür stehen, neben der das Klingelschild mit dem Namen „Mirco Meißen" angebracht war. „Mirco Meißen", überlegte Mo, den Namen hatte sie doch schon einmal gehört. Ihre Party, der Freund von Ulf.

Susanne klingelte. Die Tür wurde so schnell geöffnet, als hätte Mirco schon hinter der Tür gewartet. Die beiden fielen sich um den Hals, drückten sich fest. Mo stand verlegen etwas abseits, Susanne zog sie zu sich und Mirco: „Das ist Mo, wir haben uns erst vor ein paar Stunden kennengelernt, sie weiß nicht, wo sie übernachten soll, da habe ich sie mitgebracht, du hast doch nichts dagegen?" wollte Susanne wissen. Erst jetzt schaute Mirco Mo näher an: „Wa, wa was, was machst *du* denn hier" stammelte er überrascht. Mo suchte nach einer Erklärung.

Mirco schaute auf seine Uhr. „Die Nachrichten fangen an", er lief aufgeregt zum Fernseher und schaltete den Apparat ein. Er deutete auf zwei Sessel: „Setzt euch, schaut euch das an", drängelte er. Er legte seinen Zeigefinger auf den Mund, bedeutete den beiden ruhig zu sein. Susanne und Mo setzten sich in ihre Sessel.

Nach einigen Meldungen hörten sie den Nachrichtensprecher sagen: „Und nun bittet die Kriminalpolizei um ihre Aufmerksamkeit", Mathias Müller, der Chef der Kripo Brandenburg wurde zugeschaltet, nach der üblichen Begrüßungsfloskel äußerte er sein Anliegen: „Gesucht wird Mo Hair, die Tochter des Schriftstellers Bo Hair im Zusammenhang mit dem Giftanschlag auf die Schauspielerin Raja Luvlee", er berichtete ausführlich darüber. Der Kripochef wies auf die ausgesetzte Belohnung von € 10,000 für Hinweise hin, die zur Ergreifung der Gesuchten führten. Es wurde ein Foto Mos eingeblendet und die anzurufenden Telefonnummern bei Hinweisen aus der Bevölkerung. Kurz vor der Wettervorhersage wurde von dem sensationellen Auftauchen eines Bildes von – möglicherweise – Vincent van Gogh berichtet, „Mond über der Seine" das eine verblüffende Ähnlichkeit mit dem Bild „Sternennacht über der Rhone" aufwies. Es sollte auf seine Echtheit untersucht werden.

Mirco hatte die Nachrichten schon im Autoradio auf der Fahrt zu seiner Wohnung gehört. Susanne schaute Mirco ängstlich an, er zog sie an seine breite Brust, tröstete sie: „dir wird nichts passieren, das verspreche ich."

Anschließend erzählte Mo *ihre* Geschichte, von Raja, Yellow Eye, Bimbo, von ihrer „Mission".

Mirco fasste die Situation zusammen: „Hör zu Mo, mir ist es egal ob du versucht hast Raja umzubringen. Tatsache ist:

wir sitzen in einem Boot aus unterschiedlichen Gründen, wir müssen zusammen halten, wir sind auf der Flucht. Ich mache folgenden Vorschlag: Wir helfen dir bei deiner Mission, Tiere zu retten. 4 Heldentaten musst du vollbringen, sagst du – okay! Das wird nicht einfach, aber wir können es schaffen. Nach Vollendung unserer Aktion, kehren wir heimlich – Susanne wird für jeden von uns Pässe fälschen – auf dein Schloss zurück, du finanzierst Susannes Kunststudium, machst eine Vernisage mit ihren Bildern in deinem Schloss."

Susanne wollte protestieren, jetzt wo sie Mos wahre Identität kannte, fand sie sie nicht mehr so sympathisch, außerdem war sie verrückt, geisteskrank, vielleicht sogar gefährlich. Im besten Fall erfand sie nur die Geschichte, aber auf Raja war ein Anschlag verübt worden, das war eine Tatsache und die Polizei fahndete nach ihr. Wenn es hart auf hart käme, würde „ihr Pappi" die Angelegenheit schon regeln, solche Leute fielen immer wieder auf die Füße, Mo bekäme höchstens eine Bewährungsstrafe während *sie selbst,* falls ihr Betrug auflöge hinter Gittern verschwand. Mirco schaute sie aufmunternd an, seine Augen sagten: „lass mich nur machen, den kleinen Goldfasan lassen wir nicht davon flattern". Sie willigte also ein, schweren Herzens, vor allem weil sie wusste, dass Mirco den Nervenkitzel suchte, das würde ihn vom Pokerspielen abhalten, trotzdem hatte sie eine ungute Ahnung, ein vages Gefühl der Eifersucht machte sich bei ihr breit.

Mo war zufrieden: „Das ist okay, wir machen es so wie Mirco vorgeschlagen hat". Sie dachte an ihren Vater, an ihr Paradies, sie konnte so dankbar sein, dass Geld für sie keine Rolle spielte, Hauptsache sie bekam Bimbo zurück.

Die drei kamen zügig voran. Sie wollten zum Urtaler Wald. Dieser Wald sollte abgeholzt werden, so wollten es Dr. Schmutz vom EVE (Energieversorgung Europas), seine Aktionäre und die korrupten Politiker. Mo hatte davon des Öfteren unfreiwillig in den Nachrichten gehört, wenn sie nicht schnell genug die Fernbedienung fand um abzuschalten.

Dr. Schmutz war für sie der Inbegriff des Kapitalisten, rücksichtslos gegen die Umwelt, *nach mir die Sintflut, ich habe erst 40 Milliarden, Jeff Bezos über den sieben Bergen ... ist noch viel reicher als ich...*

Damit wäre auch das Schicksal zahlreicher kleiner Tiere besiegelt, deren Lebensraum zerstört würde, sie dachte an den Mittelspecht, den sie oft wegen des großen roten Scheitels am Kopf mit dem Buntspecht verwechselt hatte, obwohl er viel kleiner ist, an die Bachsteinfledermaus und die kleine Haselmaus. Für Dr. Hans Dieter Schmutz zählten so kleine Tiere nicht, er war ja ein „Großes", Mo entschuldigte sich im Geiste bei allen Elefanten und Giraffen für diesen Vergleich.

Zuerst fuhr Mirco, dann Susanne, jetzt war Mo an der Reihe. Sylvie hatte ihr das Fahren beigebracht. Susanne schlief auf dem Rücksitz, auch Mirco auf dem Beifahrersitz war eingenickt. Mo zuckelte „rechts" die Straße entlang. Ein Rotkehlchen flatterte durchs offene

Fahrerfenster, umrundete Mos Kopf: „Einst hüpften, flogen wir und sangen, doch die Freude ist uns vergangen, früher war unser Tisch gedeckt, jetzt mit Glyphosat verdreckt" das traurige Lied des Rotkehlchens, bestärkte sie in der Dringlichkeit ihrer Mission. Wie rücksichtslos war die Industrie der Massentierhaltung! Sie musste an das Buch denken, das sie in der Bibliothek ihres Vaters entdeckt hatte, es befasste sich mit der Entstehung der Landwirtschaft. Vorher waren die Menschen Sammler und Jäger, sie waren besser ernährt als Bauern, benötigten weniger Zeit für die Nahrungsbeschaffung und es gab *viel weniger Menschen*. Erst die Entstehung der Landwirtschaft produzierte mit dem Überangebot der Nahrung die Überbevölkerung, damit war die Menschheit dem Untergang geweiht.

Nun lebten die Menschen nicht mehr im Einklang mit dem Kosmos, der sie nährte, nutzten nicht dankbar die Geschenke, die die Tiere und Pflanzen ihnen freiwillig zur Verfügung stellten, nein, sie mussten Pflanzen und Tiere domestizieren, degradierten sie zu Nutzpflanzen und Nutztieren, das hatten die Götter nie getan.

Für sie war die Entstehung der Landwirtschaft *der Sündenfall*. Die Industrialisierung in den Städten tat das Übrige, brachte die stickige Luft, die verschmutzten Flüsse, die Eisenbahnen, rauchende Fabrikschlote, wilde Spekulanten an den Börsen, Glühbirnen statt Kerzen, die Menschen lebten seitdem nicht mehr, sie existierten als Sklaven des Berufs, des Geldes, des großstädtischen Zerstreuungstaumels. Sie merkten das nicht einmal, immer weiter so mit dem Hallodri.

Warte nur Dr. Schmutz, ich komme, ich stecke deinen Kopf in den tiefsten Dreck, den sollst du fressen. Ihr Kampfgeist war geweckt, verhinderte, dass die Eintönigkeit des Fahrens sie einschläferte.

Gerade wollte sie wieder zu einem Überholvorgang eines LKWs ansetzen, da bemerkte sie mit Entsetzen, dass es sich bei dem LKW um einen Tiertransporter handelte. Eingepfercht, ohne Wasser und Nahrung, wurden sie über weite Strecken zum Schlachthof gekarrt, auch das hatte sie den Medien entnommen. Sie erinnerte sich, dass sie u. A. wegen der grausamen Tiertransporte dem Verein „animals take over" beigetreten war.

Wenn sie mit für sie fast unerträglichen Situationen konfrontiert war wurde ihr schlecht, ihr Körper fühlte sich an, als sei er von einer schlimmen Krankheit befallen, schlapp, sie konnte kaum das Lenkrad halten oder die Pedalen mit ihren Füßen bedienen. Sie spürte die Schweine ganz nah, roch ihren Angstschweiß.

Der LKW fädelte sich in den Streifen für die Abfahrt ein, Mo ebenfalls, sie folgte ihm. Kurz hinter der Ausfahrt kamen sie auf eine Landstraße. Kein Wagen war zu sehen weder vor noch hinter ihnen, auch kein Gegenverkehr. Mo drückte aufs Gaspedal, sie wunderte sich, dass ihr Fuß dazu in der Lage war, so ausgezeichnet funktionierte. Sie überholte den LKW, setzte sich nach dem Überholvorgang direkt vor den LKW. Es war ein riskantes Manöver. Der LKWfahrer bremste abrupt stark ab, um nicht auf den Renault zu fahren, er geriet ins Schlingern, kippte und fiel die Böschung hinunter.

Susanne und Mirco waren erschrocken aus dem Schlaf hochgefahren. Mo hatte den Wagen unter Schlingern an der Böschung zum Stehen gebracht. Alle drei sprangen aus dem Auto. Mo sah zu ihrer Freude, dass sich die Schweine aus dem LKW ins Freie ergossen, sie lief zum Heck des LKWs schaute nach, keins war verletzt, sie bevölkerten nun die Wiese zum angrenzenden Wald. Susanne und Mirco waren zum LKW-Fahrer geeilt, auch er lebte, er hatte einige Schrammen im Gesicht und stand unter Schock.

Sie mussten sich beruhigen, erst hatten sie an einen Unfall geglaubt, dann erklärte ihnen Mo, dass sie die Tiere vor dem Schlachthof retten müssten. „Bist du verrückt geworden", schrie Mirco. „Was sollen wir jetzt machen, wohin mit den Schweinen und dem LKW-Fahrer?" Mo sah, dass der LKW-Fahrer sein Funkgerät benutzen wollte, sie riss es aus der Halterung und trat darauf herum. Er stürzte sich auf Mo, wollte sie schlagen, Mirco verpasste ihm einen Fausthieb, der LKW-Fahrer sackte besinnungslos zusammen. Sie fesselten und legten ihn auf den Fahrersitz.

Dann zogen sie sich in ihren Renault zur Beratung zurück. Susanne bereitete Kaffee auf dem kleinen Campingkocher und gab jeder Tasse einen Schluck Cognac hinzu. Mo eilte wieder zu den Schweinen, beruhigte sie: „Ihr braucht keine Angst zu haben, morgen werden wir euch in Sicherheit bringen, wir werden diese Nacht hier verbringen." Die Schweine waren so froh, entkommen zu sein, sie grunzten dankbar, voller Vertrauen. „Wir werden uns verstecken und suchen etwas zu fressen. Morgen früh sehen wir uns wieder", Mo sah ihnen gerührt nach, wie sie im Wald verschwanden.

Der LKW-Fahrer war inzwischen aus seiner Ohnmacht erwacht. Sie holten ihn in den Renault. Sein Name war Bogdan, er arbeitete für ein polnisches Unternehmen zu einem Hungerlohn. Auf Mirco und Susanne wirkte er recht sympathisch, er war mittelgroß, drahtig, sehnig, er hatte ein eckiges Gesicht mit hohen Wangenknochen, ehrliche offene Gesichtszüge. Er jammerte: „Jetzt werde ich meinen Job verlieren, er schaute Mo erbost an!" Mo schaute genauso erbost zurück: „Das sind deine einzigen Sorgen, du Schlächter!" „Mach mal halblang", sagte Mirco, „nicht jeder ist mit dem goldenen Löffel geboren." Bogdan jammerte weiter: „Meinst du, mir macht mein Job Spaß, ich hasse ihn, aber was soll ich denn bloß machen?" Er streckte Susanne erneut seinen Becher hin und diese füllte ihn mit Cognac. Ja, das war die Frage, wohin mit den Schweinen, dem LKW und Bogdan.

Susanne und Mirco schliefen im Renault, Bogdan, total betrunken, schnarchte in seinem Fahrerhäuschen. Mo legte sich unter einen Baum, sie schaute zum Himmel hoch, die Sterne waren an Ort und Stelle, sie suchte den „kleinen Wolf", als er auftauchte, schlief sie getröstet ein. Im Traum erscheint ihr „Vahwa", er gibt sich als Gott der Schweine zu erkennen, er schildert ihr den verzweifelten wilden Kampf mit dem Dämonen Hiranyakcha, am Ende obsiegt er, er hebt die Erde aus den Tiefen des Ozeans wieder an ihren vorgesehenen Platz im Weltraum.

Als Mo erwachte galt ihr erster Gedanke den Schweinen. Schnell lief sie los, um nach ihnen zu sehen. Als sie um die Ecke zur Lichtung bog, sah sie keine Schweine, sondern – oh Schreck -, einen Haufen verwegener Männer.

Bestürzt blieb sie stehen. Was war geschehen. War ihre Rettungsaktion misslungen? Hatte diese Horde ihre Tiere gefunden, geschlachtet und aufgefressen?

Ein Mann löste sich aus der Gruppe, ging beschwichtigend mit ausgestreckten Armen auf die verängstigte Mo zu. „Keine Angst *Moly*", komm setz dich zu uns, wir erklären dir alles. Mit zitternden Knien folgte sie ihm, alle setzten sich im Kreis auf die Wiese, der Mann sprach: „Nachdem du gestern gegangen warst, waren wir im Wald, wir haben das seltene Kraut „Moly", das es ursprünglich nur in Griechenland gab, gefunden und gegessen. Das hat diese Verwandlung bewirkt. Ich bin Odysseus, und das sind meine Kameraden, er zeigte auf die anderen Männer, uns hat die Göttin Kirke auf ihrer Insel in Schweine verwandelt, bis zum gestrigen Tag, Kirke hat sich endlich eines anderen besonnen, *du* warst auserwählt, uns zu retten, es wird Zeit.

Wir werden nach Griechenland zurückkehren, in unsere Heimat. Der Mann reichte jedem etwas von dem Kraut, auch Mo, sie spülten es mit einem Schluck Wasser aus dem herumgereichten Becher hinunter. Es schmeckte wunderbar. Süß und stark, belebend, aromatisch und gleichzeitig beruhigend.

Mo musste wohl kurz eingenickt sein. Als sie erwachte, waren die Männer fort. Nur der Kranz aus dem Kraut Moly, den sie auf dem Kopf hatte, erinnerte an das Geschehen. „Mo, was ist geschehen, komm zu dir!", rief Susanne als sie Mo gewahrte, die wie eine Schlafwandlerin auf die Drei zukam.

„Was machen die Schweine, geht es ihnen gut", wollte Mirco wissen. „Schweine? Sie sind fort, sie haben sich in Menschen verwandelt. Sie werden für eine bessere Welt kämpfen." Beseelt erzählte sie die Vorkommnisse.

Mo merkte, dass die Drei ihr nicht glaubten. Sie suchten die Gegend nach den Schweinen ab. Mo hörte ihre Freunde untereinander flüstern, als sie sich unbeobachtet fühlten: „Sie spinnt, sie ist verrückt, es muss eine Erklärung geben, vielleicht hat ein Bauer, hier gibt es doch viele Bauernhöfe, die Tiere diese Nacht in seinen Stall gelockt", überlegte Mirco. „Wie dem auch sei", meinte Bogdan praktisch, „wir sind die Tiere los und brauchen uns keine Gedanken mehr über die Unterbringung zu machen. Was Besseres konnte uns doch gar nicht passieren." Das sahen Susanne und Mirco auch so.

Mo war enttäuscht von ihren „Freunden", aber sie sagte nichts. „Menschen", dachte sie, „was willst du da schon erwarten. Egal, sie haben versprochen, mir zu helfen und nur das zählt, zumindest jetzt. *Bimbo, die erste Tat ist vollbracht*". Doch nun galt es den Urtaler Wald zu retten.

Bogdan, der befürchtete, seinem Schicksal überlassen zu werden, hatte eine gute Idee: „Ich könnte Führerscheine, Pässe und Zulassungspapiere „besorgen"", er machte eine entsprechende Handbewegung. Mirco und Mo sahen gleichzeitig – elektrisiert – zu Susanne rüber. „Wozu hat sie schließlich das Talent zum Fälschen?", sagten ihre Blicke.

Mirco nickte seiner Freundin lebhaft zu, gegen ihn war sie machtlos. Bogdan besorgte alles, was man zum Fälschen von Unterschriften benötigt, so wurden aus Mirco Meißen, *Marek Mambowski*, aus Bogdan Matuschek, *Kolja Februar*, er war am 28. Februar geboren, Susanne wollte den Künstlernamen *Carlotta Butter* und bei Mo bot sich *Yola Haar* an. Marek und Kolja, wie sie sich jetzt gegenseitig nannten, verkauften den LKW auf dem Schwarzmarkt, jeder der 4 erhielt € 20.000. Die Händler stellten keine „dummen" Fragen. Das Quartett deckte sich mit Nahrungsmitteln ein und die zweite Aktion konnte beginnen. Während Kolja insgeheim auf weitere zu kapernde Tiertransporte hoffte, dieses Geschäft war wesentlich lukrativer als seine bisherige Tätigkeit, befürchtete Yola eine neue Konfrontation. Sie lag ständig auf der Lauer, genau wie Kolja.

Als sie endlich ohne einem weiteren Tiertransporter begegnet zu sein, an ihrem Ziel ankamen, waren sie sehr erschöpft.

Was für ein herrlicher Wald! Ihre Lebensgeister wurden geweckt. Marek blühte richtig auf. Er hatte die letzten Jahre fast nur mit Ulf beim Training zugebracht, Ausdauertraining, Krafttraining, sich in nach Schweiß riechenden Sporthallen rumgetrieben oder seine Zeit bei künstlichem Licht in irgendwelchen Spielcasinos verbracht.

Yola saugte die Natur mit jedem Atemzug ein. Sie sah Pilze, kleine Reptilien in der Moosschicht, Gräser, Farne, Blütenpflanzen, junge Bäume reckten sich ihr entgegen. Zwergspitzmäuse, Haselmäuse, die ganze Flora und Fauna, die Vogel- und Insektenwelt begrüßte sie. Der lichtdurchflutete Wald betörte sie: Meisen, Eichhörnchen,

Baummarder und Raubvögel in Kiefern und Lärchen, noch gab es sie. *Ihnen gehört der Wald, sie sind* der Wald.

Auch Kolja war beeindruckt. Wie lange hatte er nicht mehr an seinen Vater gedacht, an die Besuche mit ihm im Nationalpark Bialowieza zwischen Polen und Weißrussland. Er hatte diese Ausflüge geliebt. In der Dämmerung hatten sie Bisons und Wisente beobachtet. Es war sooo romantisch! Yola hatte recht, die Natur musste erhalten bleiben, auch er wollte dafür kämpfen.

Carlotta konnte nicht anders. Sie holte ihren Zeichenblock und ihre Farben, setzte sich auf einen Baumstumpf und war sofort ins Malen vertieft.

Abends saßen sie am Lagerfeuer. Von außen betrachtet wirkte die Szene romantisch, aber Yola hatte keinen Sinn für Romantik, sie wusste nicht, wie sie den Wald retten sollte, was konnte sie besser machen als die Naturschützer, die mit Polizeigewalt und mit Hilfe der korrupten Politiker entfernt worden waren?

Während sie sich ihr Gehirn zermarterte, huschte etwas unter ihren Pullover, schmiegte sich an sie. Vorsichtig griff sie unter den Pullover, erforschte mit ihren Fingern sanft das unbekannte Wesen. Es kuschelte sich in die streichelnde Hand, Mo zog es langsam hervor, sie erkannte das Tier, es war eine kleine Haselmaus, diese hier war eine besondere, eine Laune der Natur, ihr Kopf sah zwar aus wie der einer gewöhnlichen Haselmaus, obwohl der Schwanz der Haselmaus schon die Hälfte des Körpers ausmacht, war er bei „Rosine", so hatte sie die Maus für sich spontan genannt, noch um ein Vielfaches länger, sie schätzte ihn auf ca. 75 cm und er war behaart. Nachdem Rosine Freundschaft mit Yola geschlossen hatte, huschte sie von Mo herunter zu Kolja. Wie bei Mo verschwand sie unter seinen Hoodie, kam oben an der Kapuze heraus, wickelte sich um Koljas Hals und – drückte zu. Kolja fing an zu prusten, nach Luft zu schnappen, griff sich an den Hals, wollte sich von dem „Schraubstock" befreien. Erst als die Situation bedrohlich wurde, ließ Rosine los, huschte wieder zu Yola herüber und legte sich wie ein wärmender Schal um ihren Hals. Yola hatte die Szene gelassen beobachtet, zeigte sich sogar sehr zur Verwunderung und zum Ärger Koljas belustigt. Carlotta und Marek wussten nicht, ob sie wütend sein sollten oder erleichtert angesichts des Ausgangs der kurzen dramatischen Episode.

Yola hatte *die* Idee. „Hört zu Leute, ich weiß jetzt wie wir den Urtaler Wald retten! Rosine wird uns helfen. Am kommenden Dienstag ist doch die Aktionärsversammlung im EVE – Turm in Essen mit Dr. Schmutz. Wir werden dabei sein." Sie entwickelte ihren Plan. Rosine würde Dr. Schmutz die Luft abdrehen und sie ihn mit vorgehaltener Pistole aus dem Saal geleiten. Die Vorbereitungen für die Entführung waren schnell abgeschlossen. Carlotta musste einen Presseausweis aus dem Internet herunterladen und für Yola auf den Namen Yola Haar ausstellen.

Besagter Dienstag war gekommen. Yola hatte die ganze Nacht nicht geschlafen, sie schlotterte vor Angst als sie das Gebäude in Essen betrat. Die Kontrolle passierte sie anstandslos, sie setzte sich in die erste Reihe. Wäre

Rosine nicht so mutig gewesen, hätte sie die Aktion wahrscheinlich abgebrochen. Rosine huschte aufs Podium ins Hosenbein von Dr. Schmutz kaum, dass dieser mit seiner Rede begonnen hatte, kam an seinem Hemdkragen heraus und drückte ihm die Luft ab. Yola konnte nun nicht mehr anders, Rosine im Stich zu lassen war keine Option, mit einem Satz sprang sie beherzt aufs Podium, zückte ihre Pistole, rief ins Mikrofon: „Dies ist eine Entführung, machen Sie Platz!" Sie richtete die Pistole auf Dr. Schmutz. Die Bodyguards konnten nicht abschätzen, um was für ein Tier es sich da bloß handelte, „war es giftig?" Erschießen konnten sie es nicht, sie hätten Dr. Schmutz in den Hals getroffen. Die anwesenden Personen hatten auch schon einen Rettungskorridor gebildet, durch den Yola mit Rosine und Dr. Schmutz verschwanden.

Draußen wartete wie besprochen Marek, er hatte den Weg aufs Dach zum wartenden Helikopter Dr. Schmutz' ausgekundschaftet. Der Pilot, der dort auf das Ende der Aktionärsversammlung wartete, sich die Zeit mit einem Handyspiel vertrieb, war bestürzt als er die prekäre Situation erfasste, in der sein Chef und er sich befanden. Aber er war Profi genug, um angemessen zu reagieren. Routiniert flog er die A3 entlang wie Marek es ihm befohlen hatte, es dauerte keine 10 Minuten, da war der Spuk vorbei, Marek gab den Befehl zu landen, der Pilot ging auf einer Wiese neben der A3 herunter. Sie verabreichten ihm und Dr. Schmutz ein Betäubungsmittel, in 2 Stunden würden sie jedoch schon wieder wach sein. Den Piloten ließen sie im Helikopter zurück, mit Dr. Schmutz rasten sie in dem von Marek gemieteten Falcon F7 in Richtung Köln.

Plötzlich drückte Yola Marek die Pistole in den Rücken. „Fahr in Richtung Urtaler Wald!" Vor Schreck verriss er das Lenkrad, der Wagen geriet für einen Augenblick auf die Gegenspur. „Pass doch auf!", schrie Yola aufgebracht. Marek änderte die Richtung, fuhr zum Urtaler Wald. Yola befahl ihm, Dr. Schmutz zu einer Lichtung zu schleppen, die mit Linden umsäumt war. „Verpiss dich jetzt, hau ab, ich komm allein zurecht!", kommandierte Yola, fuchtelte mit der Waffe herum, Marek tat wie ihm geheißen, flüchtete kopflos.

Yola war nervös, es musste klappen. Sie vertraute ihrer Mutter. Sie hatte nie mit ihrer Mutter gelebt. Trotzdem fühlte sie sich ihr verbunden, sie glaubte, ihre Mutter sei ein Engel, ihr Schutzengel, sie balancierte auf ihrem Seil zwischen Himmel und Erde, das Seil war im Himmel vertäut, befestigt an 2 Sternen.

Es war kein feststehender Spruch, ihre Mutter hatte ihr im Traum eingeflüstert: „Spindelfaden, Hexenkraut, sag es laut, bilde einen Reim, du wirst eine Zauberin sein.

Yola fabulierte: „Spindelfaden, Hexenkraut, keiner wird dich finden zwischen den Linden, Spindelfaden, Hexenkraut, Dr. Schmutz hör gut zu, ein Baum bist du." Ängstlich wartete Yola. Rosine schaute sie erwartungsvoll an. Ihr Blick war entschlossen. *Sie* war bereit, ihr Werk zu vollenden, sollte der Zauberspruch nicht wirken.

Yola wiederholte ihren Vers, jetzt lauter, voller Angst: „Spindelfaden, Hexenkraut, keiner wird dich finden, zwischen den Linden, ich werde dich vernichten, sag es auch den Fichten".

Da geschah es, die Metamorphose begann, Rosine fiel zu Boden, eilte schnell zu Yola und die beiden sahen zu, wie Dr. Schmutz sich im Zeitraffer erst in einen Schössling und dann in eine ausgewachsene Linde verwandelte. Erleichtert atmeten sie auf. Vor Freude tanzten sie um die Bäume herum. Für Rosine und Yola hieß es voneinander Abschied zu nehmen, aber sie würden sich
wieder sehen.

Der Entführungsfall „Dr. Schmutz" beherrschte die Nachrichten, kam immer an erster Stelle. Mo galt nun als Terroristin, die Gruppe „animals take over", als GAF, Grüne Armee Fraktion.

In dieser Nacht hatten die Verteidiger der Burg versagt, keine bewaffneten Soldaten standen auf den Wehrgängen bereit, um den Feind in die Flucht zu schlagen, eine Armada kraftstrotzender Drachen jagte durch die Lüfte, das Feuer züngelte aus ihren mit scharfen Zähnen versehenen Mäulern, zwei Exemplare flogen in ihr Schlafgemach, packten sie, rasten mit ihnen durch die Nacht, schleuderten Bo und Sylvie von sich...

Yola und ihre Freunde saßen in der kleinen Küche in der Hochhaussiedlung in Köln-Meschenich. Sie fühlten sich dort wie in einer Mausefalle. Die Stimmung war gereizt, Marek, Carlotta und Kolja waren überzeugt, dass Yola Dr. Schmutz erschossen hatte. Die Polizei hatte voraussichtlich aus den „Fehlern" der Vergangenheit gelernt. Die Rasterfahndung, anders als damals bei der Suche nach Hans Martin Schleyer und den Mitgliedern der RAF, würde sicher bald Erfolg haben. Die 3 wunderten sich, dass die Leiche von Dr. Schmutz nicht gefunden wurde. „Wo hatte Yola ihn wohl begraben?" Sie war stumm wie das Grab.

Sie schauten ständig Nachrichten, um etwas über den Ermittlungsstand zu erfahren, Yola war elektrisiert als plötzlich nicht in erster Linie vom Entführungsfall sondern vom Machtwechsel in Griechenland berichtet wurde. Dort hatte sich die radikale Partei „Nur die Natur" zur Bedrohung für die etablierten Parteien entwickelt. Sie wurde von allen extremen Kräften unterstützt, auch gewaltbereiten. Das Land drohte in Anarchie und Chaos zu strudeln, trotzdem gelang es einem Mann, der sich Odysseus nannte, die unterschiedlichen Gruppierungen hinter sich zu versammeln und die Marschrichtung vorzugeben.

Yola erkannte im Fernsehen in ihm den Mann von der Lichtung, den Anführer ihrer geretteten Schweine. Schon damals war er ihr charismatisch erschienen, sie erinnerte sich, dass sein Bart an Wangen und Kinn sie gestört, sie sich eine Schere gewünscht hatte, um ihn abzuschneiden, so dass sie seine Gesichtszüge noch besser hätte studieren können. Nun im Fernsehen sah sie ihn ohne Bart, die Wangen wirkten hohl und eingefallen, die Augen jedoch sprühten Funken, die seine Zuhörer in Flammen versetzten, sie hingen bei seinen Reden an seinen Lippen.

Die Natur selbst war ihm zu Hilfe gekommen. Die Nachrichtensender, die noch senden konnten, berichteten rauf und runter von dem Tsunami, der für Griechenland ganz untypisch war. Ohne Vorwarnung war der Sturm losgebrochen, die meterhohen Wellen hatten die Yacht des Regierungschefs Akropodopoulos, auf der sich neben Mitgliedern der Regierung auch die Führer der Wirtschaft und des Militärs zu einer Krisensitzung befunden hatten, mit Haut und Haar verschlungen. Tausende Menschen starben in den Fluten.

Odysseus und seine Anhänger jedoch wurden wieder vom Meer ausgespuckt, Odysseus landete direkt auf dem Regierungssessel von Akropodopoulos.

Alexander wälzte sich nervös im Bett hin und her, er hatte kaum geschlafen. Der Druck der Verantwortung lastete auf seinen Schultern. Würde es ihm gelingen, den Urtaler Wald durch sein Verhandlungsgeschick zu retten, Urtaler Wald gegen das Leben Dr. Schmutz? Für Mo seine geliebte kleine Blutsschwester, er hatte es geschworen unter ihrer Sommerlinde?"

Er schaute zur Fensterbank hinüber wo sie gelandet war, die kleine Taube, ihn hypnotisiert hatte mit ihrem 360 Gradblick. Sie war nicht weggeflogen als er sich ihr näherte, zutraulich hatte sie das kleine Stück des dargebotenen Apfels genommen, war auf seine Schulter gehüpft. Sie hatte ihn mit ihrem Schnabel in die Lippen gepiekst, ganz zart, wie ein Kuss hatte es sich angefühlt. In diesem Augenblick erschien Mos Gestalt auf seiner Netzhaut, sein Entschluss, in das Geschehen einzugreifen, war geboren, die Taube gurrte: „Nutz deine Popularität, es ist noch nicht zu spät!" Er hatte zum Telefonhörer gegriffen, sein Management angerufen – der „Apparat" rollte an.

Yola war extrem angespannt, sie war wieder in den Urtaler Wald geeilt, sie hielt es in der Wohnung nicht mehr aus, heute Nachmittag würde die **Pressekonferenz** stattfinden, sie konnte nur noch *daran* denken. „Du kannst Alexander vertrauen, auf ihn bauen, lass ihn deine Botschaft wissen, ich werde ihn von dir küssen." Das gurrende Täubchen auf der Fensterbank des Kölner Appartements, es hatte gute Arbeit geleistet. Sie hatte es gewusst, sie konnte sich auf ihren Blutsbruder verlassen. Die Pressekonferenz würde um 14:00 Uhr live im Fernsehen übertragen werden. Solange würde sie im Wald bleiben.

Sie saß mit Rosine unter der Linde direkt gegenüber von Dr. Schmutz, er war eine sehr schöne Linde, trotzdem trat sie auf ihn zu und mit voller Wucht vor den Stamm, Dr. Schmutz stöhnte vor Schmerz auf: „Heute entscheidet sich dein Schicksal", rief ihm Yola zu.

„Zauber mich zurück, ich geb dir alles was du willst", flehte Dr. Schmutz. Yola reagierte nicht darauf, sie hing ihren Gedanken nach. Ihr Leben war aus den Fugen, sie sehnte sich auf ihr Schloss, könnte sie doch mit Bimbo und Yellow Eye über die Wiesen tollen, sie hasste die Menschheit, sollte sie doch zugrunde gehen, auf dem Planeten gab es für sie sowieso keine Rettung mehr, das hatte sie nun davon, diese dumme, dreckige, böse, verbrecherische Menschheit.

Sie schaute hoch zu den Bäumen, ihr Dach schützte sie vor den Sonnenstrahlen, während sie selbst dürsteten, unter der Hitze ächzten, es herrschten 40 Grad im Schatten. Sie dachte an Bimbo und die Wasserpralinen, sie wünschte, ein Flugzeug würde kommen und Wasserbomben über dem Wald abwerfen, wahrscheinlicher wären Atombomben, sie sah schon ein Geschwader auf sich zu fliegen... Warum war sie so machtlos, könnte sie sich doch bei den Bäumen für den Schutz, die Geborgenheit und nicht zuletzt für den Sauerstoff mit Regen bedanken. Verzweifelt reckte sie die Arme zum Himmel hoch – plötzlich erhob sich ein Wind, wirbelte durch den Wald, die Blätter rauschten, welch herrliche Musik – der Regen prasselte auf sie nieder, ein betörendes Glücksgefühl durchströmte sie.

Sie eilte zum Appartement.

Alexander war nervös, wie vor seinen Auftritten. Tatsächlich hatte er auch vor, sein eigens für die Pressekonferenz komponiertes Stück zu spielen, er wusste, dass die Macht der Musik stärker war als jedes Argument.

Alles war versammelt, Medienvertreter aus dem In- und Ausland. Jeder fand hier was er brauchte, es ging um Macht, Geld, Politik, Verbrechen, Liebe. – Umweltorganisationen, Gewerkschaften, Politiker sämtlicher Couleur, die ihr Süppchen kochen wollten – alle warteten auf den Schlagabtausch zwischen Alexander Salamander und Dr. Zeter.

Dr. Zeter begann. Er trug einen grauen maßgeschneiderten Anzug, seine Brille verlieh ihm einen intellektuellen

Touch, er sah seriös aus, wie jemand, der weiß, wovon er spricht. Wie nicht anders zu erwarten, nannte er die Organisation „animals take over" nur GAF (Grüne Armee Fraktion), die einen Umsturz und eine Öko-Diktatur plane, bezeichnete Alexander zwar als begnadeten, aber verblendeten Künstler, der von einer Bande Terroristen für ihre Zwecke missbraucht wurde.

Er, Dr. Zeter, hingegen habe nur das Gemeinwohl im Sinne, wolle Arbeitsplätze erhalten, die Energieversorgung gewährleisten, „der Klimawandel sei eine Herausforderung, das schon, aber nicht ausschließlich vom Menschen verursacht, Nationen wie China, USA oder Brasilien fielen nicht auf den Unsinn, „grüner Spinner und Blender" herein, diese Kriminellen wollten lediglich die Meinungshoheit und die Macht über das Land erhalten, um die Demokratie abzuschaffen." Er fand viel Applaus bei den Minenarbeitern, Aktionären und Dr. Flutschet, dem Ministerpräsidenten von NRW.

Dann kam er auf Mo zu sprechen, er zeichnete das Bild einer Wahnsinnigen, die vor Mord, Entführung und „wer weiß noch was alles" nicht zurückschrecke, nicht um den Planeten zu retten, wie von ihr und der linken „Weichspülpresse" behauptet werde, sondern aus rein egoistischen Motiven, krankhafter Liebe zu ihrem Vater, Größenwahn und Selbstverliebtheit. Er schüttete alles über die Zuhörer aus, was die Klatschpresse diesbezüglich über Bo, Raja, Sylvie und Mo hergab, wobei er darauf achtete, Raja als empathische wunderschöne Frau und Opfer der Hairs darzustellen, die Zuschauer applaudierten und pfiffen Beifall. Er erläuterte noch einmal, warum die Abholzung des „Forstes", er vermied den korrekten Begriff des „Waldes" notwendig und in jedermanns Interesse sei.

Alexander trat vor das Podium. Mit seiner schwarz schimmernden Hose, die ihm viel besser stand als der Smoking, dem offenen weißen Hemd, das viel von seiner gebräunten Haut zeigte, dem vor Anspannung und Nervosität blassen Gesicht, dem auf den Hemdkragen fallenden schwarzen dichten Haaren, wirkte er sexy und wie ein sensibler Künstler, der er ja schließlich war. Alexander setzte sich an den Flügel, spielte *seine* Komposition. Weiche gefühlvolle Melodien rankten sich um ein Thema von Zärtlichkeit, Leichtigkeit, Wärme, Anmut –, Vogelgezwitscher in der Luft.

Gleichzeitig zur Musik wuchs die Lichtinstallation seines Freundes Pablo Sowieso auf die Wände des tristen Konferenzraumes, der nun in ein romantisch mystisches Licht getaucht wurde.

Die Zuschauer wurden durch die beiden Künstler sofort emotional erreicht. Die immergrüne Weltesche Yggadrasil das Götterschloss, der schönste aller Bäume, breitete sich kontinuierlich über die Wände aus, umspannte sämtliche Erdteile, Bäume wurden zum Zeichen der Fruchtbarkeit und des Lebens, die Krone der Weltesche stieg nun weit in den Himmel empor. Die Zuschauer lauschten hingebungsvoll, verneigten sich innerlich.

Dann, plötzlich, unvermittelt, der Cut, schmerzhaft in den Ohren der Zuschauer, schroffe schräge Töne, was machte Alexander, war er verrückt geworden, die Zuschauer murrten, beherrschte er das Klavier nicht mehr, verspielte er sich etwa...

Die Wurzeln der Weltesche tief verankert unter der Erde wurden nun anstelle des Paradieses auf die Wände projiziert. An ihnen nagten und sägten die Vertreter vom EVE und EPP aus Polen im Kleinformat, kleine gefräßige gierige Zwerge. Die Weltesche verlor ihre Blätter, begann zu welken, die schützenden Wälle aus Flüssen und Wäldern trockneten aus, verdorrten. Die Vögel in den Bäumen stürzten zu Boden, verendeten qualvoll, genau wie die Fische im Meer, die Eisbären am Pol, die Tiere der Steppe und Savanne. Eine Liste der bereits ausgestorbenen Tierarten und Bilder ihrer tierischen Vertreter wurden „an die Wand geworfen". Die Zuschauer reagierten bestürzt, wütend. Das mystisch romantische Licht erlosch, die kahlen Wände des Konferenzraumes traten hervor, taten in den Augen weh.

In seiner anschließenden Rede hielt Alexander ein Plädoyer für zivilen Ungehorsam, Gewalt als Notwehr, die Notwendigkeit hier und jetzt die Verhältnisse zu ändern, für die Erhaltung der Welt, seine Rede endete mit den Worten, *„das Böse wird nur als das Böse bezeichnet, weil es nicht in die derzeit herrschenden Normen, Gewohnheiten und Werte passt, das Böse ist aber in Wahrheit das Gute, weil es auf wahrhaftiger Liebe beruht."* Die Leute verstanden zwar nicht genau den Sinn, waren aber ergriffen und applaudierten. Es herrschte fast eine Pogromstimmung, Dr. Zeter konnte den Konferenzraum nur unter dem Schutz eines großen Polizeiaufgebotes verlassen.

Auch der Ministerpräsident hatte den Umschwung in der Stimmung der Zuhörer gespürt, er hatte der EVE unter Missbrauch seines Amtes dabei geholfen, die Abholzung des Waldes unter fadenscheiniger Begründung und Beugung des Rechts bei seinen Fernsehauftritten und in Talkshows zu rechtfertigen.

Nach der Pressekonferenz war Yola wieder in den Urtaler Wald geeilt, die Sonne brannte erneut erbarmungslos vom Himmel, der Wald nahm es mit stoischer Gelassenheit hin, Rosine und sie saßen wieder Dr. Schmutz gegenüber, Yola war in der Zwickmühle, Alexander hatte versprochen, dass Dr. Schmutz freigelassen würde, wenn der Wald nicht abgeholzt werde. Der Wald würde bestehen bleiben, dafür hatte ihr Blutsbruder gesorgt. Jetzt war sie an der Reihe. Yola hoffte ihre Mutter würde ihr erneut erscheinen und ihr helfen. Es wurde schwüler und schwüler, ein Gewitter lag in der Luft, der Himmel zog sich zu, es grollte in der Ferne. Plötzlich – ein Donner – wie der Knall einer Explosion, Donnerknall und Blitz waren eins, Yola warf sich zu Boden, der Regen prasselte auf sie nieder, sie sah die Linde, die vom Blitz getroffen zu Boden fiel, aber sie fiel gar nicht, sie löste sich im Regen auf, die Linde war fort, stattdessen lag ein Mann auf dem Boden, der sich nicht bewegte, aber atmete.

Kolja fuhr, der Fahrtwind streichelte sanft ihre Wangen, fuhr liebevoll in Yolas Haar, sie wusste, sie durchfuhren Rumänien auf dem Weg nach Griechenland, wenn sie die Augen schloss, wähnte sie sich auf einer Weltreise, im südlichen Spanien sprang sie mit der wilden Affenpopulation von Baum zu Baum. Sie schaute den Wildeseln und

-pferden beim Grasen in der Steppe zu, auf dem Rücken eines Elefanten sitzend, durchstreifte sie die Savanne, wie seit uralten Zeiten fand die Herde auf ihrem Weg das lebensspendende Wasserloch, Antilopen, Giraffen, Zebras, Büffel, Nashörner, Hyänen, Löwen teilten sich ihr Reich in perfektem Zusammenspiel, nur sie durfte an ihren Geheimnissen teilhaben, die Natur aus ihrer Sicht begreifen und erforschen.

Sie träumte sich in den Tropischen Regenwald, tauchte ein in den grünen Ozean aus Farnen, Moosen, Lianen, Bäumen so hoch wie Kirchtürme, umflattert von bunt schillernden Schmetterlingen und ebenso farbenprächtigen Vögeln, ein Meer von Blumen, das in allen Regenbogenschattierungen verführte, mit seinem Duft betörte.

Trotz ihrer Tagträume dachte sie ständig an ihre Mission. Sie hatten nicht das Flugzeug genommen, weil sie hofften, aber auch fürchteten, unterwegs Tieren in Not zu begegnen. 2 „Heldentaten" hatten sie bislang erst vollbracht.

Die Nachrichten platzten in ihre Reise ohne Vorwarnung wie eine Bombe, **chateau l'eau war abgebrannt,** ihr Vater, Sylvie, Maggie, die Angestellten nicht aufzufinden, auch die 3 LöwInnen wurden erwähnt, sie waren ebenfalls verschwunden, die Bevölkerung in der Umgebung alarmiert, hysterisch, die LöwInnen zum Abschuss freigegeben, trotz zahlreicher Proteste von „animals take over". Yola war der Verzweiflung nah, sie waren doch auf dem Weg nach Griechenland zu Odysseus.

Aber sie wusste, sie musste zurückkehren, in die Ruinen ihres früheren Lebens, sie war wie durch eine Nabelschnur mit den LöwInnen verbunden, sollte diese Nabelschnur gekappt werden starb sie, die LöwInnen suchten sie, sie lebten, das spürte sie ganz deutlich, sie musste zu ihnen, sie retten, mit ihnen unter den schattigen Eichen zusammengekuschelt der „wilden" Verwandten in Afrika gedenken wie früher.

Auch ihre 3 Freunde waren geschockt, chateau l'eau war ebenfalls ihr Sehnsuchtsort. Kolja bog in einen kleinen Feldweg ab, in einer Art Steinbruch, der wie ein verlassenes Amphitheater wirkte, beratschlagten sie was zu tun sei. Hier würden sich ihre Wege trennen. Carlotta, Marek und Kolja würden weiter nach Griechenland fahren und Odysseus aufsuchen, er war inzwischen ein mächtiger Mann, Yola gab den dreien ihren Haarkranz aus dem Kraut Moly, den sie immer bei sich trug als Dank und Erkennungszeichen, zur Erinnerung an ihre Begegnung – für Odysseus! Der Kranz verwelkte nicht, er sah aus wie frisch gepflückt.

Yola nahm den nächsten Flieger vom Flughafen OTP Bukarest, sie hatte ja zum Glück den gefälschten Ausweis, sie rasierte sich die schon nachgewachsen Haare raspelkurz, nun sah sie wieder wie auf dem gefälschten Passfoto aus, sie wies kaum Ähnlichkeit mit der Mo von früher auf. Nach der Landung eilte sie zum Schloss, sie war fassungslos, verzweifelt als sie vor der Ruine stand. Wo waren ihr Vater, Sylvie, Maggie? Sie konnten doch nicht tot sein, sie durften nicht tot sein, auswegloser konnte keine Situation sein. Heimatlos, von der Polizei gesucht, viel schlimmer konnte es nicht mehr werden.

Dann sah sie die Bäume durch den Tränenschleier hindurch, sie waren so stark und schön wie eh und je, sie näherte sich dem Park, alles war wie früher, die Blumen blühten, sie dufteten, nichts war geschehen –, auch ihre Laube – unversehrt und – was war das, da war ja der alte Schuppen, voll mit Gartengeräten, alten Kutschen und auf dem Dachboden – Heu. Jetzt nahm sie den Geruch der LöwInnen wahr. Sie eilte zum Schuppen – unverschlossen, sie kletterte schnell die Leiter hoch auf den Heuboden, da waren sie – ihre LöwInnen! – auf dem Dachboden versteckt. Die Wiedersehensfreude war riesig. Yola war so glücklich bei ihren LöwInnen zu sein, Kampfesmut und Zuversicht breiteten sich in ihr aus. Sie kuschelten sich aneinander, alles war wie früher, nichts war passiert.

Doch am nächsten Morgen wurden sie in die Gegenwart zurückgeholt. Motorengeräusche vor den Ruinen des Schlosses. Mo kramte hastig in der Truhe direkt vor sich, tatsächlich lag dort das Fernrohr im Dornröschenschlaf. Die dicke Staubschicht wischte sie mit der Mähne Leons ab, der gerade noch ein lautes Roaar der Beschwerde unterdrücken konnte. Schnell gab ihm Yola einen Kuss auf die feuchte Nase zur Entschuldigung. Sie fasste es nicht, Raja stieg aus der Limousine gefolgt von 2 Männern. Sie gingen zur Ruine, betrachteten alles aufmerksam. Es musste sich wohl um 2 Architekten handeln, sie machten Fotos und schrieben in ihre Laptops. Raja spielte sich als Eigentümerin auf, was hatte sie vor.

Wie oft hatte sie sich gewünscht, eine Amazone zu sein, geboren, um im Kampf zu siegen, die launische und mordlüsterne Tochter des Kriegsgottes Ares, eingeschnürt in eine gepanzerte Rüstung. Es wäre ihr ein Leichtes Raja und ihre männlichen Spießgesellen mit Speer und Bogen zu durchbohren. Doch sofort machte sich die Angst breit, sie wandte sich zu den LöwInnen: „ihr habt meine Mutter gesehen, über Raja schwebend, wie sie ihre Lippen formte zu den Worten": „Ihr müsst gehen, Raja kommt um Mitternacht, der Ring um ihre Iris glüht, ihr Hass sprüht, wie in jeder Vollmondnacht hat sie Macht, zu zündeln wie der Teufel –, Feuer, Feuer, Feuer, verlasst das Gemäuer, mein Spatz, mein Schatz, meine Katz, ihr müsst fliehen, doch – ich höre schon die Sinfonien".

Yola schaute sich in dem Schuppen und der sich anschließenden Remise um. Hier stand noch der alte Wohnwagen ihrer Mutter, ihr Vater hatte damals, wie sie wusste, Estelles Zirkus neu ausgestattet, auf den technisch neuesten Stand gebracht, unter Protest Estelles luxuriöse Wohnwagen gekauft, den alten Wagen ihrer Mutter hatte er aus sentimentalen Gründen behalten. Der Anblick brachte die Idee. Sie würde wie ihre Mutter auf „Tournee" gehen, mit den LöwInnen, nicht als Zirkus sondern als die 4 Stadtmusikanten. Sie dachte an die traurige Geschichte des Esels, des Hundes, der Katze und des Hahns, die von ihren Besitzern, weil sie alt und für die Besitzer nutzlos geworden waren, getötet werden sollten. Bei dem Gedanken an das Märchen musste sie weinen, sie rief sich zur Ordnung. „Das ist doch nur ein Märchen", Yola wischte sich beschämt die Tränen aus den Augen.

Um die Mittagszeit fuhren sie los. Yola hatte alles besorgt, was sie für ihre „Tournee" benötigten, sie war guten Mutes es bis zu Odysseus zu schaffen. In einem Waldstück kurz vor Frankfurt a. M. machten sie ihre erste Rast. Die LöwInnen schauten ihr gebannt zu. Yola setzte sich an den Tisch und begann zu schreiben. Als führe ihr Vater den Stift, schrieb sie die Moritat, die sie ihren Vater so oft hatte singen hören, wenn er mit seinem Freund Theo Zorn zusammen saß und sie beide mal wieder dem Alkohol zugesprochen hatten, nur, dass sie sie umdichtete.

1. Szene: Sie nahm das Pelzmantelimitat und die Sonnenbrille, stolzierte wie eine Diva vor den drei LöwInnen herum, die anfangs nicht wussten, warum sie LöwInnenkostüme anziehen sollten, bis sie erfuhren, dass sie Menschen seien, die LöwInnen darstellten.

Gebieterisch blieb Yola vor den LöwInnen stehen und befahl: „Macht Sitz!" Die LöwInnen schauten Mo ratlos an, „was sollte das?" Nie hatte Mo ihnen irgendetwas befohlen, „ach so", jetzt kapierten sie, „das sollte Raja darstellen, Pelzmantel und Sonnenbrille, na klar" sie fauchten und schlugen mit ihren Pranken nach Raja. „Gut so", erklärte Yola.

Dann holte „Raja" 3 Bratwürstchen aus der Manteltasche, Belle und Marmelade wandten sich beleidigt ab, nur der verfressene Leon schlang die Würstchen runter, aber auch nur, weil die Rolle das von ihm verlangte. „Raja" lachte böse, aber zufrieden in sich hinein, verließ die „Bühne".

2. Szene: Mo im Katzenkostüm, betritt zusammen mit den Löwinnen die Bühne, schluchzt, wirft sich über Leon, der am Boden liegt, vergiftet durch die Bratwürstchen, betrauert seinen Tod, ist verzweifelt.

3. Szene: Mo tritt im Katzenkostüm auf, dreht an der Kurbel eines imaginären Leierkastens, sie schmettert los:

1. Strophe: „Und die Katze, die hat Krallen, diese Krallen zeigt sie nicht, doch die Hexe wird sie fühlen, zerkratzt ist ihr schönes Gesicht. Mo macht entsprechende Bewegungen, schleicht herum, singt: „Und die Mola hat ein Messer, doch das Messer sieht man nicht".

4. Szene: Mo wieder im Pelzmantel und Sonnenbrille „Raja" drückt ein Bild von Chateau l'eau, das im Schuppen gehangen hatte, an sich, küsst es, ruft: „Bald gehört das Schloss mir!" Hebt es hoch, hält es in die imaginäre Zuschauermenge.

Mo erscheint wieder als Leierkastenmann im Katzenkostüm, trägt weiter vor:

2. Strophe: „Ach, es sind des Kätzchens Füße rot, wenn es seine Beute schlägt, Mo trägt nen Handschuh, daraufhin man keine Untat erwägt. Schleicht nach Katzenart herum, zeigt ihre rot lackierten Krallen.

3. Strophe: „In des Waldes grüner Bäume, fallen plötzlich Menschen um, es ist weder Pest noch Cholera, es heißt, Mo sei da.

4. Strophe: „Dr. Schmutz bleibt verschwunden wie so manch reicher Mann, und sein Geld hat „animals take over", denen man nichts beweisen, aber gönnen kann."

Yola hatte sich ein Navi zugelegt, obwohl sie alle technischen Errungenschaften verabscheute, sie wollte über die Tschechei, Slowenien, Ungarn, Serbien und Mazedonien nach Griechenland gelangen. Sie befanden sich auf der A9 kurz vor Frankfurt a. M. als ein Polizeiauto sie überholte, sich vor ihnen wieder einfädelte, der Schriftzug „bitte folgen" blinkte in der Heckscheibe auf. Das Polizeiauto fuhr die nächste Abfahrt hinunter, Mo hielt es für ratsam, dem Wagen zu folgen.

Wie sich herausstellte waren die Polizisten nur neugierig, was es mit dem buntbemalten Wohnwagen, mit dem Schriftzug „die Vier Stadtmusikanten" auf sich hatte, sie hatten wohl Langeweile, sie betrachteten die gefälschten Papiere nur oberflächlich. „Wo hast du denn deinen nächsten Auftritt und wo sind die anderen drei Stadtmusikanten", wollten die Beamten wissen. „In Bad Homburg v. d. Höhe", das war ein Ort, den sie kurz vorher auf dem Verkehrsschild auf der Autobahn gesehen hatte, gab Yola zur Antwort. Die Polizisten waren mit der Antwort zufrieden. „Wenn der Nachmittag weiter so ruhig verläuft, kommen wir zum „Zum Gänsemarkt" und schauen uns eure Vorführung an. Damit verabschiedeten sie sich freundlich und wünschten „viel Erfolg".

Alles verlief planmäßig, die Zuschauer und die Polizisten waren begeistert, sie verstanden natürlich die Zusammenhänge, die Hairs, Raja, Sylvie, das Schloss, sie waren das Lieblingsthema der Klatschpresse, auch die „seriösen" Zeitungen und das Fernsehen berichteten ständig. Die Zuschauer waren überzeugt, hier auf dem Marktplatz die Wahrheit zu erfahren, die schöne Raja Luvlee wurde zur bösen Hexe und Mo zur Heldin, wie Meckie Messer, Robin Hood und wie sie alle hießen.

Besonders die LöwInnen bekamen viel Applaus, „das waren gute Schauspieler, die Tiere so täuschend echt darstellen konnten." Dann passierte das, was Yola nicht bedacht hatte, die Zuschauer wollten die Menschen sehen, die sich unter dem LöwInnenfell verbargen. Leon und die Löwinnen hatten es sich schon im Wohnwagen gemütlich gemacht, sie wollten weiterfahren, aber der Applaus brach nicht ab, „Zugabe, Zugabe", ertönte es immer fordernder. Als nichts geschah, als keine „Schauspieler" erschienen, begannen die Zuschauer zu murren, sie bewegten sich auf den Wohnwagen zu, „waren das vielleicht gar keine Menschen, sondern tatsächlich LöwInnen? Befand sich hier in ihrem kleinen Ort etwa die von der Polizei Gesuchte mit ihren LöwInnen, Mo, Mo Hair!!!? Was für eine Sensation wäre das!!!?" In die Polizisten kam Leben, als Polizisten waren sie ja verpflichtet der Sache auf den Grund zu gehen.

Mo hatte die Situation erfasst. Auch die LöwInnen. Wenn seine Gefährtinnen bedroht wurden konnte selbst der anhängliche kuschelsüchtige Leon gefährlich werden, sein markerschütterndes Gebrüll erschallte, war vermutlich kilometerweit zu hören. Die Löwinnen umkreisten die Zuschauer, als wollten sie ihre Beute zusammentreiben. „Echte Löwen, echte Löwen", schrien sie entsetzt, stoben panikartig in alle Himmelsrichtungen davon. Die überforderten „Dorfpolizisten" standen reglos da, in Schockstarre verfallen. Geistesgegenwärtig lief Yola zum Polizeiauto, scheuchte ihre LöwInnen hinein und raste davon. Die Polizei würde ihrem gestohlenen Wagen bestimmt schnell auf der Spur sein. Sie fuhr von der A7 herunter, mied die Ortschaften und landete schließlich am Ende eines staubigen Feldweges. Große Raps- und Maisfelder erstreckten sich rechts und links des Feldweges. Ein Wäldchen umsäumte die Felder am Horizont. Die 4 stiegen aus, die Anspannung glitt von ihnen ab. Doch sie hatten nur eine kurze Verschnaufpause.

Schüsse knallten, hallten nach, einer, zwei, drei, Yola kannte das Geräusch, das eine Schrotflinte verursacht, es kam aus dem Wäldchen, Jäger trieben dort ihr Unwesen. Bimbo, armer Bimbo! Unbändige Wut kroch in ihr hoch. Wie feige waren doch die Menschen, wie hinterhältig, wie gemein. Die Tiere hatten nur ihr Gebiss.

Sie würde die Mörder Mores lehren, geduckt wie ein Indianer auf dem Kriegspfad huschte sie zum Wald, suchte hinter jedem Baum Deckung, bis sie direkt hinter den „Jägern" stand. Yola wusste, dass Wildschweine sehr schlecht sehen, aber umso besser hören und riechen können. Yola rief so laut sie konnte: „Ich bin gekommen, um euch zu helfen, die Grunzlaute, die Befehle, die sie ausstieß, bewirkten, dass die Tiere auseinanderstoben, Haken schlugen, die „Jäger" schauten sich erschrocken um. Bevor sie die Situation realisieren konnten, stürmte ein großer Keiler auf sie zu, rammte einem der „Jäger" seine messerscharfen Zähne in den Oberschenkel.

Yola war nicht untätig, rasch ergriff sie die Schrotflinte des zu Boden Stürzenden, schoss treffsicher blitzschnell nacheinander auf die Überrumpelten. Mit schmerzverzerrtem Gesicht wanden sie sich auf dem Boden. Noch eine Kugel ins Hinterteil zum Nachtisch als Andenken!

Die Schweine grunzten und quiekten vor Dankbarkeit, sie waren nochmal davon gekommen. Die Rotte führte die Retterin zu den Trüffeln, sie rissen den Erdboden auf. Yola wickelte die Trüffel, die ihr die Schweine geschenkt hatten, in ihr Halstuch. Gemeinsam hielten sie Brotzeit, die Rotte labte sich an Käfern, Engerlingen und Raupen, Yola an Brom- und Himbeeren.

Auf dem Rückweg sah sie den Range Rover, mit dem die Jäger gekommen sein mussten, sogar der Schlüssel steckte. Die LöwInnen machten es sich unter der Plane auf der Ladefläche bequem. Auf ging es in Richtung Tannenmeerer Wald, dem wegen des Baus einer Autobahn das gleiche Schicksal wie dem Urtaler Wald drohte. Yola befielen Ohnmachts- und Schuldgefühle, sie hatte nur an Griechenland, an ihre Rettung gedacht. Da sah sie einen Wegweiser mit dem Aufdruck „Hotel Perigord". Yola hatte Maggie oft das Wort Perigord im Zusammenhang mit Trüffeln verwenden hören. Der „Chef de Cuisine" gab Yola € 8.000,00 für das weiße Gold.

In dem kleinen Ort RuprechterRoth deckte sie sich mit Lebensmitteln ein.

Welch wohltuende Ruhe, welch angenehmer Geruch, welch schummriges Licht. Sie drangen immer tiefer in den Wald ein. Die Bäume und Tiere des Waldes hatten ihre Ankunft bemerkt, sie jubelten aber nicht oder tirilierten, sie spürten der Gefahr nach, der Yola und die LöwInnen entkommen waren. Schließlich fanden sie ein Baumhaus, das sie bezogen. Alle kuschelten sich aneinander selbst Belle.

Yola lag noch wach, sie war von den Ereignissen des Tages sehr aufgewühlt, da erhielt sie von ihrer Mutter das Gedicht: „Liebste Mo auf dem Baum, du kannst nach Bimbo ausschauen, ihr kommt euch immer näher, das sagen mir die Späher. Die Jäger, die Erreger der Pein, sind klitzeklein, sende dir viele Küsse für die Schüsse, du warst so blutig, so anmutig, für das Wildschwein bist du der Sonnenschein."

Sie lauschte dem Säuseln des Windes „liebste Mo auf dem Ast, du bist unser Gast, brauchst nicht zu bangen, da sind doch die Schlangen, genii loci des Waldes hier, ganz nah bei dir, sind zurück aus dem Erdreich, samtweich, verlassen ihr Versteck, dich zu beschützen, dir zu nützen. Pflanzen und Bäume flüsterten ihr zu: „Komm zur Ruh, komm zur Ruh". Geborgen, getragen wie in einer Sänfte wiegte ihr Singsang sie in den Schlaf.

Als sie erwachte, fühlte sie sich ausgeruht, die Tiere immer noch dicht an sie geschmiegt. Als Yola sich bewegte, kam auch in sie Leben, wieder musste sie an Bimbo denken. Nacheinander kletterten sie den Baum herunter und verspeisten darunter ihr Frühstück. Der Zauber der Nacht war verflogen, was sollten sie als Nächstes tun, zum Wagen zurückgehen und weiterhin versuchen, nach

Griechenland zu kommen, gab es eine Möglichkeit, den Wald zu retten? Sie entschieden sich, erst mal zum Wagen zurückzukehren.

Die LöwInnen waren sehr unruhig, schlugen mit ihrem Schwanz hin und her, auch Yola spürte, dass der Wald in Aufruhr war, etwas Geheimnisvolles geschah. Sie gingen und gingen, doch sie fanden die Stelle nicht mehr, an der sie den Range Rover abgestellt hatten. Auch die Bagger waren verschwunden, die der Natur schlimme Wunden zugefügt und schon etliche Bäume getötet hatten, gestern standen sie kalt und mörderisch zwischen den Baumleichen.

Sie irrten noch einige Zeit umher wie Hänsel und Gretel, schließlich ließen sie sich erschöpft unter einer Rotbuche nieder. Yolas Blick schweifte den Baumstamm hinauf, sie musste ihren Kopf in den Nacken legen, um überhaupt noch ein Stück Himmel zu sehen. Obwohl es 12:00 Uhr mittags war, war es im Wald so dunkel wie in der Abenddämmerung. Yola und die LöwInnen konnten dennoch so ausgezeichnet sehen, dass sie die weiße Schlange erblickten, die den Baumstamm hinunterglitt und auf sie zukroch, vor den Entmutigten blieb sie stehen: „Ich bin Asklepia, euch zu finden, ist wunderbar, Raja schickt ihre Truppen, wird sich als Mörderin entpuppen, doch ihr werdet überleben, Hekate lässt euch davon schweben.

Yola erfuhr von der Freude Demeters, Hades hatte ihre Tochter aus der Unterwelt entlassen, ihr zurückgegeben und sie freute sich, dass Mo gekommen war, um den Versuch zu unternehmen, den Wald zu retten. Aus

Dankbarkeit und vor Glück ließ sie die Bäume, Sträucher, Pflanzen alles wachsen, der Wald, die Felder und Wiesen, alles breitete sich aus, begrub, was des Menschen Werk war, der Boden tat sich auf, die Unterwelt bekam ihr neues Spielzeug. Die Bäume standen dicht an dicht, es entstand der alte Wald, der der Bären wilder Wohnung war. Die Bären waren zurück, die Wölfe, die Füchse, die Käuze, die Uhus, auch die Drachen stiegen giftgeschwollen aus den Sümpfen. Der Berggeist war bereit, der Riese, sein Reich zu verteidigen, das Antlitz seiner Gegner umzudrehen, ein Hauch nur und sein Gegenüber fiel tot um. Unsichtbar zerdrückte er mit seinen Knien den Kopf des Menschen. In Gestalt eines Rosses mit langem Hals und furchtbar blickenden Augen auf der Stirn, setzte er den Feinden nach, zerbrach ihre Glieder wie Streichhölzer.

Yola gab der Schlange eine große Schale Milch. „Asklepia ich danke dir, du wunderbares Tier, kein Mensch wird mehr den Wald betreten, der Berggeist wird ihn zertreten. Die Schlange revanchierte sich mit einer Dose Salbe, „denke daran in der Not, sie ist stärker als der Tod, des Waldes Salbe, dir zu Ehren sei sie gegeben, sie rettet Leben".

Asklepia rief einen bunten Schmetterling herbei, der nicht im gewohnten Zickzackkurs, sondern wie am Faden gezogen, ihnen den Weg aus dem Waldlabyrinth wies.

Am Waldesrand angekommen, blieben sie verblüfft stehen. Da stand ihr Wohnwagen „die 4 Stadtmusikanten" inmitten einer Wagenburg, die von zahlreichen Menschen bevölkert war. Die Gruppe bemerkte Mo und die LöwInnen, sie wich vor ihnen zurück. Mo befürchtete, dass sie sofort die Polizei informieren würde, entschlossen – Angriff ist die beste Verteidigung – marschierte sie festen Schrittes auf einen großen rothaarigen Mann zu, um den sich die Mehrheit der Menschen ängstlich geschart hatte. Als sie vor ihm stand schaute sie in ein sommersprossiges Gesicht mit grünen Augen, die lebenslustig, offen, optimistisch in die Welt blickten. Noch bevor er sich vorstellte, erriet sie, dass er Ire sein müsse. „Ich heiße Jean O'Connor", sagte er dann auch, „wir sind auf dem Weg nach Irland, in unsere Heimat", er reichte Mo seine Hand. „Ich bin Mo Hair" stellte sie sich vor, ließ dann ihre Blicke in die Runde schweifen, hob ihren Arm zur Begrüßung, winkte allen freundlich zu. „Habt keine Angst vor den LöwInnen", sie sind zahm. Die LöwInnen, die am Waldesrand gewartet hatten, kamen langsam zu Mo, setzten sich brav wie Hunde neben sie. Mo streichelte die 3, sogar Belle ließ die Liebkosung ohne Knurren über sich ergehen. Mo forderte den Anführer O'Connor auf, es ihr gleich zu tun. Dieser tat wie ihm geheißen, die Kinder, die sich hinter ihren Eltern versteckt hatten, kamen aus der Deckung, bestaunten die Löwen:Innen und ihren mutigen Anführer, sie klatschten Applaus.

Schnell waren Mo und ihre Löw:Innen der Mittelpunkt am abendlichen Lagerfeuer. Die irische Gruppe teilte gastfreundlich ihr Abendbrot, nahm in Kauf, dass ihr Lebensmittelvorrat für die nächste Woche von den Löw:Innen verspeist wurde. Bei Mo schwanden die Bedenken, dass die Iren die Polizei holen würden. Diese Möglichkeit war ihnen wahrscheinlich gar nicht in den Sinn gekommen. Leute ihres Schlages mieden die Polizei wie der Teufel das Weihwasser. Die Wärme des Lagerfeuers, die freundlichen Leute, der Rotwein, der in der Runde kreiste, bewirkten, dass Mo ganz weich wurde. Der Clan bestürmte sie mit Fragen, zeigte viel Interesse an ihrem Schicksal, sie wollten alles wissen, über chateau l'eau, wie es sich dort lebte, von Raja, der schönen Hexe, der Entführung, ihren Tieren, ihrer Mission. Mo schüttete ihnen ihr Herz aus, Tränen kullerten ihr vor Rührung über die Wangen. Die Leute rückten näher an einander heran, Mo fühlte sich fast so geborgen wie in ihrem Baumhaus. „Was hast du denn als nächstes vor", fragte eine Frau, die große Ähnlichkeit mit Jean O'Connor aufwies, wahrscheinlich seine Schwester. „Ich weiß es nicht", erwiderte Mo traurig, schon wieder den Tränen nahe, „ich möchte so gerne zu Odysseus nach Griechenland". Es gab ein Getuschel und Gemurmel unter den Leuten. Alle sprachen aufgeregt durcheinander. Dann sagte der Chef Jean O'Connor: „Wir hatten zwar vor für eine Weile nach Irland zurückzukehren, aber wir haben beschlossen, dich nach Griechenland zu begleiten. Wenn du tatsächlich die Freundin des Präsidenten bist, wird er uns für deine Rettung sicherlich fürstlich entlohnen.

Mo war bei diesen Worten so ergriffen, dass ihr die Tränen schon wieder die Wangen herunterkullerten. Vor Rührung konnte sie kaum sprechen. Sie ging zu Belle, die eine mit Diamanten besetzte Halskette trug. Diese Kette, ein Geschenk ihres Vaters an ihre Mutter, hatte Estelle wohl in ihrem alten Wohnwagen vergessen, absichtlich oder nicht, das war schwer zu sagen. Jedenfalls hatte sie den wundervollen Schmuck gefunden und frei nach Edgar Allan Poe, „der entwendete Brief" ihn nicht versteckt, sondern an Belles Hals öffentlich zur Schau gestellt, jeder würde ihn für Modeschmuck halten. Mo flüsterte Belle ins Ohr: „Wenn wir es schaffen mit Hilfe dieser Leute bis nach Griechenland zu Odysseus zu gelangen, wirst du auf die Diamanten verzichten müssen, wir schenken sie unseren Rettern." Belle, die sich auch ohne Schmuck wunderschön fand, war einverstanden.

Die Stimmung wurde ausgelassen, Gitarren kamen zum Vorschein, irische Folklore ertönte, die Gruppe tanzte ums Lagerfeuer herum. Mo und ihre Tiere fühlten sich diesen fremden Leuten sehr nah, sie fühlten Hoffnung in sich aufkeimen, dass ihre „Mission" doch ein gutes Ende nehmen könnte. Gerade als Mo wieder die kreisende Weinflasche an den Mund setzen und einen Schluck daraus ihre Kehle hinunter perlen lassen wollte, sah sie einen Mann und eine Frau auf die Gruppe zukommen, die sich in einiger Entfernung zu Mo in den Kreis einfügten. Mo verschluckte sich beim Anblick der Frau so sehr, dass sie nach Luft schnappte und ihr Nachbar ihr beschwichtigend auf den Rücken klopfte. Wie konnte das sein, wie kam Raja hierher? Und wer war der Mann? Ihr Gegenüber, Lea, die Schwester O'Connors bemerkte ihre Verwirrung und erklärte: „Das ist die schöne Mara mit ihrem Freund. Der Mann wirkte selbstsicher, dominant, er hatte ein rundes Gesicht und eine Glatze, Mo blickte in intelligente aber verschlagene Augen als er zu ihr herüberkam und sich als Liam Douglas vorstellte. Die schöne Mara nickte ihr von ihrem Platz aus huldvoll zu, nur der schwarze Leberfleck an ihrer rechten unteren Wange unterschied sie von Raja.

Von nun an war Mo auf der Hut. Ihre Sorglosigkeit war wie weggeblasen. Sie bemerkte mit ihren Adlerkatzenaugen

natürlich die begehrlichen Blicke, die Belle's Schmuck
bei Mara und Liam hervorriefen. Entweder hatten die
beiden Edgar Allan Poe gelesen oder sie kannten sich
mit Schmuck sehr gut aus. Mo wartete noch eine kleine
Weile, dann verabschiedete sie sich unter dem Vorwand
müde zu sein.

Wie gut sich doch die Beretta unter der Bettdecke anfühlte
und noch besser zu wissen, dass sie so eine gute Schützin
war. Bis kurz nach Mitternacht musste sie warten, als
keine Musik mehr erklang, alle sich zur Ruhe begeben
zu haben schienen, öffnete sich fast lautlos die Wohn-
wagentür. Im Mondlicht erkannte sie Liam. Er schlich
sich leise auf Zehenspitzen heran, mit Entsetzen sah sie
die Maschinenpistole mit Schalldämpfer, die er auf ihre
Löwinnen richtete. Ohne auch nur noch eine Sekunde
zu zögern, schoss sie auf die Hand des Mannes, die Pistole entglitt ihm, fiel zu Boden, vor Schmerz schrie er
auf. Mara, die Schmiere gestanden hatte, stürmte herein, wollte nach der Maschinenpistole greifen, aber Belle war schon behände auf ihre Pfoten gesprungen, holte
mit ihrer Pranke aus, zerkratzte Maras schönes Gesicht.
Wimmernd, sich vor Schmerzen krümmend, lagen der
Mann und die Frau am Boden.

Ein Großteil der Gruppe hatte den Schuss gehört, war
aus trunkenem Schlaf hochgeschreckt, kam angerannt,
stoppte abrupt vor dem Wohnwagen, blieb unschlüssig
davor stehen, hinein preschen? Was erwartete sie dort?
O'Connor rief laut und energisch: „Was ist da drin los!"
Mo antwortete: „alles in Ordnung". Er stürmte hinein,
die anderen drängten nach. Es gab ein fürchterliches

Tohuwabohu. Jean O'Connor sprach ein Machtwort. „Wir werden morgen eine Sitzung abhalten und ein Urteil fällen. Hat Mo aus Notwehr gehandelt oder nicht?" Die Verletzten wurden notdürftig verbunden. Es wurden Wachen vor Mos Wohnwagen gestellt, damit sie sich nicht heimlich davon machen konnten.

Am nächsten Tag, es war schon Mittag, begann die Sitzung. Bis auf Jean und seine Schwester Lea meinten alle, dass Mo und ihre Tiere den Track zu verlassen und eine Entschädigung zu zahlen hätten, vor allem müsse Mo Mara die Kette schenken. „Sie gehören nicht zu uns, sie sind Fremde, sieh nur was die Löwin Mara angetan hat, sie war doch so schön! Die Tiere sind gefährlich, wer weiß, wen sie als Nächsten angreifen. Sie müssen fort, fort, fort!!! riefen sie laut fordernd, wenn du sie nicht fortschickst, bist du nicht mehr unser Anführer, dann kannst du mit ihnen gehen".

Jean hob beschwichtigend die Hände: „Ich verstehe euch ja Leute, doch ihr seid gerechte, ehrliche Menschen, Liam und Mara wollten unsere Gäste bestehlen. Von jeher stehen Gäste bei uns unter unserem Schutz, diese Tradition ist uns doch heilig oder etwa nicht? Wir bestehlen nicht unsere Gäste, außerdem haben wir Mo versprochen, sie heil nach Griechenland zu bringen. Wenn euch schon nicht unsere Traditionen heilig sind, dann denkt an die Belohnung, die Mo uns versprochen hat." „Wem gehört denn die Maschinenpistole, doch wohl Liam, das wisst ihr ganz genau." Die Gruppe murrte vor sich hin, schaute auf den Boden, einige malten verlegen mit der Fußspitze im Sand, wiegten ihre Körper langsam hin und her, traten von einem Fuß auf den anderen. Mo spürte die Feindseligkeit in ihren Blicken, wenn sie sie ansahen.

Ihr fiel die Salbe von Asklepia ein. Sie wandte sich an Jean: „Vielen Dank Jean für ihre Worte der Verteidigung", dann wandte sie sich an die, die ihren Rausschmiss forderten, „vielen Dank Leute, dass ihr mich gestern so freundlich aufgenommen habt, nun habe ich euch in Schwierigkeiten gebracht, das war nicht meine Absicht. Ich möchte es wieder gutmachen. Ich kann Mara und Liam heilen, seht diese Salbe", sie zückte Asklepias Salbe, die sie an ihrem Leibe in einem Beutel neben der Beretta trug, hielt sie für alle sichtbar eine Zeitlang in die Luft. „Lasst es mich versuchen!", bat sie.

Jean sprach nun laut mit der ganzen Kraft seiner Autorität: „Ihr habt gehört was Mo gesagt hat, lasst es sie versuchen, wenn es ihr gelingt, die beiden zu heilen, müssen Mara und Liam die Wagenburg verlassen. Mo war nun ganz zuversichtlich, sie brauchte nur an die Schlange zu denken. Sie ging zu dem Paar, das sie töten wollte, unterdrückte ihre Rachegefühle und strich ein wenig von der Salbe auf Liams Hand und Maras Gesicht. Die Leute schauten gebannt zu. Schon riefen die Ersten: „So ein Humbug, was soll der Quatsch!" Da sahen sie zu ihrer größten Verblüffung das Wunder, sie schauten einander entgeistert an, „Seht, seht doch, Liam bewegt seine Hand, schaut, schaut doch in Maras Gesicht, sie ist so schön wie eh und je".

So kam es, dass Liam und Mara die Gruppe verlassen mussten. Mo und ihre LöwInnen durften bleiben, hielten sich aber meistens in ihrem Wohnwagen auf, das Verhältnis war angespannt, der Clan hatte nun Angst vor Mo, sie hielten sie für eine Hexe.

Die Gruppe machte sich eiligst auf den Weg nach Venedig, um von dort aus nach Griechenland überzusetzen, sie wollten ihre „Gäste" schnell loswerden und die Belohnung von Odysseus kassieren.

„Endlich eine Spur von Mo!", darauf hatte Rick Klick schon lange gewartet. Sofort war er zum Tannenmeerer Wald gerast, „Geschwindigkeitsbegrenzung?" nicht mit ihm. Er war besessen von dem Wunsch Mo zur Strecke zu bringen, sie Raja wie ein erlegtes Wild vor die Füße zu legen. Schon sah er Raja vor sich, wie sie dankbar die Arme nach ihm ausstreckte. Sie sank in seine Arme, sie küssten, liebten sich leidenschaftlich.

Ricks Leiche wurde niemals gefunden. Auch die Hundertschaft, die den Tannenmeerer Wald durchkämmte ward nie mehr gesehen.

Raja nippte an ihrem Plénitude 2, sie lag auf ihrem Bett in ihrer Suite, starrte an die Decke, ließ ihren Gedanken freien Lauf. Hinter ihren geschlossenen Lidern sah sie die rotorange züngelnden Flammen am nachtblauen Himmel, sie kostete den Triumph, die Genugtuung, die Erregung, die sie beim Anblick des Feuers ergriffen hatten noch einmal aus, doch wäre ihre Befriedigung um ein Vielfaches größer gewesen, hätten die züngelnden Flammen die Haut Bos, Mos und Sylvies erreicht, hätte sie ihre Verzweiflungsschreie gehört, ihr Aufbäumen, ihre Zuckungen, die Schatten verursacht durch das Feuer in ihren von Panik verzerrten Gesichtern gesehen. Wie waren sie dem Feuer entkommen? Wo hielten sie sich auf? Vielleicht war es ja auch gut, dass die 3 noch lebten, so hatten sie die Bestrafung noch vor sich, waren noch nicht erlöst, damit tröstete sie sich.

Chateau l'eau! Es war abgebrannt, lichterloh wie sie es gewünscht hatte, sie würde es neu aufbauen, nach ihren Wünschen gestalten. Mittelpunkt würde der große Spiegelsaal sein, in seiner Mitte stünde ihr Agaventhron. Der Thron würde aus einem purpurroten überdimensionalen Samt bezogenen Sessel bestehen, der ihr genügend Sitzfläche böte, ihm sollten rosettenförmige, fleischige, schwertförmige bläulichgrüne Blätter entspringen, an deren Blattspitzen Stacheln angebracht wären. An den Blütenstängeln würden sich in mehreren Metern Höhe tellerförmige Blütentrauben bilden, deren Einzelblüten in der Natur gelb aussahen, sie würde sie durch Diamanten, blaue Saphire, Rubine, Smaragde, Opale, Topase, Goldnuggets, Bergkristalle und Amethysten ersetzen lassen.

Noch gehörte das Schloss bzw. die Ruine juristisch den Hairs, doch das würde sich bald ändern. Sie nippte weiter an ihrem P2, richtete sich ruckartig in ihrem Bett auf. Sie würde es Bo, diesem Schuft, diesem Verbrecher, seiner Tochter, dieser giftigen kleinen Zwergin und Sylvie, dieser farblosen Schlampe heimzahlen. Bo, der erste und einzige Mann seit Ewigkeiten, den sie wirklich begehrt hatte, aber er hatte sich ihrer nicht würdig erwiesen, noch *nie* hatte sich ein Mann ihrer würdig erwiesen. Auch Caesar nicht, diese Niete. Anstatt sie zu heiraten, ließ er sich *ermorden*, das muss man sich mal vorstellen, wie konnte er nur so unvorsichtig, so naiv so größenwahnsinnig sein. Und dann Antonius, diese Flasche, dasselbe Fiasko, anstatt die Grenzen seines Reiches für sie zu erweitern und zu sichern, ließ er sich auf eine Seeschlacht mit seinem Bruder Oktavian ein, der diese auch noch prompt gewann. Sie musste wieder nach Ägypten flüchten, so eine Zumutung, Demütigung, Beleidigung. Sie war es so leid, immer hatte sie Männer gebraucht, um ihre Ziele zu erreichen, auch bei ihrer Schauspielkarriere, das musste endlich ein Ende haben, sie lebte nun im 21. Jahrhundert. Dies war das letzte Mal, dass sie sich mit einem Mann eingelassen hatte, das schwor sie sich, er würde es teuer bezahlen, Maximilian war jetzt schon ein toter Mann.

Er hatte es gestern Abend sehr spannend gemacht, er müsse ihr etwas Wichtiges erzählen und dabei den Namen Bo's erwähnt. Bei dem vorzüglichen Essen hatte er die Bombe platzen lassen, „weißt du eigentlich, dass ich der rechtmäßige Eigentümer chateau l'eau's bin?" hatte er gefragt, sie dabei gespannt angestarrt, auf ihre Reaktion gelauert „Hast du zuviel getrunken oder gekokst" hatte sie verdutzt erwidert. „Nein, ich war noch nie so klar, hör gut zu Raja, ich erzähle dir jetzt eine Geschichte, dann wirst du mir glauben" und er begann: „Es war im 15. Jahrhundert. Ein Vorfahre Bos, ein gewisser Landgraf Horne, der sich später Hare nannte, hat die Leibeigenen meines Urur...urgroßvaters aufgewiegelt, meinen Urur...urgroßvater, (sie hatte versucht die „Urs" mitzuzählen, was ihr aber nicht gelungen war) zu vertreiben und in seine Dienste, die Dienste des Landgrafens Horne zu treten, da er die Last der Frondienste von ihnen nehmen würde.

Das ließen sich die Bauernlümmel und Dorftrottel nicht zweimal sagen. Es kam zu einem lokalen Bauernaufstand, mein Urur...urgroßvater wurde vertrieben, stattdessen bemächtigte sich besagter Vorfahre Bos des Schlosses, die Dorfbewohner traten freiwillig in seine Dienste, sie reichten ihre „Entlassungspapiere" bei Gericht ein, worauf ein Arnold von Hare als Eigentümer von chateau l'Eau und sämtlicher Güter bestimmt wurde. Bo Hair ist ein Nachfahre Arnolds von Hare und unrechtmäßiger Besitzer von chateau l'eau". Sie hatte atemlos zugehört, war das die Lösung? „Warum hast du das die ganzen Jahre für dich behalten und nicht versucht, dein Eigentum zurückzubekommen? Du bist doch Anwalt!", hatte sie ihn vorwurfsvoll skeptisch gefragt."Gerade *weil* ich Anwalt bin, es ist sehr schwierig den Beweis zu führen, es muss in Archive geschaut, Chroniken gewälzt werden, es ist Jahrhunderte her. Außerdem lege ich persönlich keinen Wert auf chateau l'eau. Aber für dich würde ich darum kämpfen, wenn es wirklich dein Herzenswunsch ist, dort zu leben, werde ich einen Prozess anstrengen", hatte er pathetisch erklärt.

Er hatte sich zu ihr über den Tisch gebeugt, ihre Hände in die seinen genommen, die Berührung hatte sie angeekelt, dann hatte er die zweite Lunte gezündet: „Weißt du eigentlich mit wem du gerade zu Abend speist", wieder schaute er sie herausfordernd an, „mit dem – höchstwahrscheinlich – nächsten Bu un des kanzler", er ließ seine Worte auf sie wirken, machte eine theatralische Pause, dann fuhr er fort: „Ich bin der Spitzenkandidat der AZE, der Alternative zum Establishment", hatte er sich gebrüstet. Sie wusste, dass viele verarmte Adelige sich der AZE angeschlossen hatten, sie hielten die Republik mit Demokratie, Parlamentarismus und Sozialdemokratie für eine Farce, verabscheuungswürdig, die AZE würde ihnen ihre standesgemäßen Positionen wieder verschaffen, Offizierslaufbahn, hoher Verwaltungsdienst u. Ä. Sie würden die Ländereien ihrer Vorfahren wiederbekommen, diesmal würde die Vertreibung und Ausrottung der Migranten, die ihr Land besetzten, gelingen. Deutschland müsse wieder eine Monarchie, die Republik, die „Kotze minderwertiger Kreaturen" in den Abfluss gespült werden.

Sie sah nun alles deutlich vor sich, sie konnte 2 Fliegen mit einer Klappe schlagen, sie würde Königin und ihr Schloss wäre chaueau l'eau, endlich!"

Yola war heil in Griechenland angekommen gesund und munter mit ihren LöwenInnen. Der irische Clan hatte Wort gehalten. Odysseus hatte die Iren fürstlich entlohnt und sie hatte ihnen die mit Diamanten besetzte Kette geschenkt. Glücklich und zufrieden waren die Iren schon am nächsten Tag in ihre Heimat aufgebrochen.

Von ihrem Balkon aus konnte sie den dichten Wald, die Akropolis und das Meer sehen, weiße Marmorplatten schimmerten im Sonnenlicht zwischen dunklen Baumstämmen, die Königsgräber.

Die erste Nacht in Griechenland, sie hatte von einer Armee geträumt, die bei ihrer Ankunft bereitstand, bereit loszuschlagen, mit einer großen Armada war sie schnell dahingesegelt, der Sturm Poseidons trieb sie fort, nach

Deutschland übers Meer, zu Raja, keine Mauer, keine Leibwache, nichts konnte sie aufhalten, sie stürmte Rajas Thronsaal, stieß ihr den Dolch ins Herz, sah den hasserfüllten Blick, die Überraschung, das Erschrecken, vernichtete sie in einem Handstreich... sie eilte von Land zu Land, fegte darüber hinweg, mit der ganzen Kraft der Natur führte sie ihre Gesetze wieder ein, die Gesetze der Natur, die der Mensch übertreten hatte, die Tiere saßen zu Gericht, alles wurde verboten, was der Natur Schaden zufügte, **vor allem der Mensch selbst**. In einer Oase, in der Wüste Afrikas, fand der Prozess statt.

Bimbo war am Horizont erschienen, wie eine Fata Morgana, nach Beendigung des Verfahrens, erst klein, dann immer größer, wuchs er aus dem Sand, wie der König der Tiere kam er auf sie zu, gemächlichen Schrittes, ihre Freude wuchs ins Unermessliche, sie kniete sich voller Dankbarkeit auf den Boden, streckte die Hände nach ihm aus, er umschmeichelte sie zutraulich, wie früher, rieb seinen Kopf an ihrem Körper, stupste seine Nase in ihr Gesicht, sie umarmte seinen Hals, liebkoste ihn bis er schnurrte wie ein kleines Kätzchen, gemeinsam kehrten sie nach chateau léau zurück, sie lagen im Gras, verfolgten den Weg der Wolken in die Tropos-, und Stratospähre, bewunderten die leuchtenden Nachtwolken, schlenderten die Milchstraße hinauf, bogen ab, mal rechts, mal links, verschwanden ein Weilchen im Andromedanebel, bis sie zur Galaxie im Sternzeichen des gelben Wolfes kamen.

Auf der Schlossterrasse warteten Carlotta, Marek, Kolja, und Odysseus mit dem Frühstück auf sie. Sie hatte noch keine Gelegenheit gehabt, mit ihren Freunden unter

„vier Augen" zu sprechen, das würde sie heute Nachmittag nachholen, sie müssten ja nun die weiteren Schritte „ihrer Mission" besprechen.

Sie forschte in den Gesichtern ihrer Freunde, ob sie vielleicht schon Ideen entwickelt hätten, aber sie musste feststellen, dass Carlotta sie eher feindselig ansah, auch Kolja schien nicht sonderlich begeistert über ihr Erscheinen, nur Marek freute sich, langweilte er sich etwa im Paradies?

Für heute Nachmittag war ein Ausflug zur Insel Spumasty geplant. Odysseus war sehr stolz auf sein ökologisches Vorzeigeprojekt, mit Elektroautos, E-Scootern, E-Bikes und selbstfahrenden Linienbussen. Es gab ein Hybridsystem aus Fotovoltaik und Windkraft. Er wollte auch das eigene Schutzprogramm der Luftverkehrsbranche vorstellen.

Am nächsten Tag fand Yola eine einsame kleine Bucht am paradiesischen Strand, mit hellem weißen Sand, türkisfarbenem kristallklarem Wasser. Sie schlief beim Rauschen des Meeres, dem Funkeln der Sterne ein. „Liebste Mo, genieß die glückliche Zeit für eine Weil, den Vorteil, das Meer ist tief, sei nicht naiv, verlass den Sand, tauch hinab ins Grab, du betrittst die Szene, meine kleine Sirene, finde das Heer, im Meer", so sprach ihre Mutter zu ihr.

Von nun an ging sie jeden Tag zum Strand. Abends feierte sie mit Odysseus, ihren Freunden, der ganzen Entourage. Kolja flirtete mit einer rothaarigen reichen russischen Schönheit, die am „Hofe Odysseus" gestrandet war. Yola musste mit Erstaunen feststellen, wie attraktiv

Kolja mit seinen slawischen Gesichtszügen auf einmal wirkte. Das versetzte ihr Nadelstiche in der Magengegend. Sie war davon ausgegangen, dass Kolja sie selbstverständlich weiter begleiten und wenn „ihre Mission" beendet sein würde, entweder mit auf ihr Schloss oder nach Polen zurückkehren würde.

Wieder war sie in „ihrer Bucht". Von Tag zu Tag fand sie die Postkartenidylle fader und falsch. Nur wenn sie an einen Felsen gelehnt aufs Meer schaute wurde Yola ruhiger. Beim Anblick auf die Weite des Ozeans erfasste sie Gleichmut und Gelassenheit, das Meer, es gab es schon so lange, es würde noch da sein, wenn es keinen Menschen mehr gab, der es bewundern konnte. Die Melancholie umhüllte sie wie ein weicher warmer Mantel. Der Abend war so stimmungsvoll, dass sie auf das Abendbrot auf der Schlossterrasse verzichtete und beschloss die Nacht am Strand zu verbringen.

Als sie aufwachte stand der Mond groß und rund am Himmel, auch „Yellow Eye" war pünktlich wie immer erschienen, wieder wollte sie ihre kleine nächtliche Reise zu ihm antreten.

Da meinte sie im hellen Mondlicht einen glänzenden Fischschwanz ins Meer abtauchen zu sehen, eine Stimme, schwach zwar, aber wunderschön liebkoste sie, ein wohlriechender Duft breitete sich aus. Unter sphärischen Klängen folgte sie dem Fischschwanz.

Yola durchstreifte die Meere, durch die schmale Straße von Gibraltar gelangte sie zum Atlantik, von da aus in den Atlantischen, Indischen, Pazifischen Ozean, das arktische, das amerikanische und das australische Mittelmeer, danach wieder ins europäische Mittelmeer.

Yola konnte kaum ertragen was sie sah, sie war verzweifelt, flehte ihre Mutter an, sie aus diesem Albtraum zu befreien, sie sah die verheerenden Folgen der Überfischung, auf allen Meeresgründen gab es riesige Tierfriedhöfe, Wale, Pinguine, Meeresschildkröten, Delfine, alle waren elendig gestorben an Hunger, verendet an Plastikmüll in ihren Mägen, an Verletzungen, in den Fangnetzen qualvoll verreckt. Riesige Mengen Industrieabfälle raubten ihr den Atem. Während sie angestrengt darüber nachdachte, wie sie dieser Hölle entkommen könnte, sah sie durch den ganzen Unrat hindurch etwas auf sich zu taumeln. Sie strengte ihre Augen an, die genau so gut wie an Land funktionierten. Es war ein Tümmler, eine Angelschnur hatte sich um seinen Leib gewickelt und ein Haken steckte in seiner Flosse, der Delfin war halb verhungert, in einem erbarmungswürdigen Zustand.

Schnell schwamm sie ihm entgegen. In ihrer Verzweiflung schaffte sie es, den Tümmler von der Schnur und dem Haken zu befreien, ihr fiel die Salbe ein, die sie von Asklepia bekommen hatte, sie öffnete ihre Bauchtasche, die sie anstelle einer Handtasche trug, sie versorgte die klaffende Wunde mit der Salbe, schon nach kurzer Zeit war das Gewebe geheilt. Der kleine Delfin quietschte und zwitscherte vor Dankbarkeit.

Da donnerte eine Stimme: „Tochter des Zeus und der Europa, was hast du in meinem Meer zu suchen? Komm sofort in meinen Palast und erstatte Bericht." Yola war zu Tode erschrocken, der kleine Delfin beruhigte sie: „Das ist Poseidon, er ist oft zornig, ich werde ihn besänftigen, dann ist er sanft wie ein Lamm. Der Delfin brachte sie zum kristallenen Palast tief im Ozean. Hier lebte Poseidon mit seinem Hofstaat, Nereiden, freundlichen Nixen, Delfinen und allen Arten von Seetieren. Der kleine Delfin wurde von seinen Verwandten stürmisch begrüßt, Yola war die Heldin des Tages. Hier am Hofe Poseidons gab es noch genug zu fressen, aber allen war klar, dass es so nicht weitergehen konnte. Poseidon sah es als Zeichen, dass die kleine Europa gekommen war, um ihnen zu helfen. Yola erfuhr von der Ähnlichkeit mit Europa, der großen Liebe Zeus, die die Natur und Tiere des Waldes so geliebt hatte.

Die kleinen Nymphen ließen ihre Stimmen erklingen, woraufhin sich alle Riesen, Seeungeheuer und Pferde, die Poseidon gezeugt hatte, zu einer Krisensitzung versammelten. Pegasus, der fliegende Schimmel, der auch die Sprache der Menschen verstand, war darunter, genauso wie Polyphem, der ehemals einäugige Riese. Die kleine Europa, alias Yola, alias Mo musste erfahren, dass Odysseus dem Riesen das Augenlicht genommen hatte. Das war aber eine andere Geschichte, die jetzt nicht thematisiert werden sollte. Die kleine Europa holte wieder ihre Salbe hervor, trug sie in die Augenhöhle auf, und wie durch ein Wunder konnte der Zyklop wieder sehen. Alle applaudierten der kleinen Europa, sie war in den Kreis um Poseidon aufgenommen.

Pegasus, der auch für seine Inspirationen bekannt war, hatte eine grandiose Idee. In den nächsten Tagen durchstreiften sämtliche Nixen, Nymphen, Sirenen und Meerjungfrauen die sieben Meere, sie ließen ihre wunderschönen Stimmen an sämtlichen Stränden der Welt ertönen: den Kanaren, Bahamas, Bermudas, Indonesiens, Madagaskars, Sri Lankas, den Seychellen, Malediven, Costa Ricas, Thailands, sie tauchten vor den Küsten der USA, Mexikos, im Golf v. Mexiko auf, waren vor Kuba, Jamaika, Haiti, der Dom Rep., Puerto Rico, Spanien, Frankreich, Monaco, Italien, Zypern Ägypten, Libyen, Tunesien, Algerien und Marokko.

Ihre wunderschönen Singstimmen erklangen, wie in Trance, hypnotisiert sprangen die Urlauber von Felsen und Klippen, von Bord ihrer Jachten, Kreuzfahrtschiffen, von Schlauchbooten, erhoben sich von ihren Badetüchern am Strand, lauschten den Klängen im Meer, betört berauscht von den Düften versuchten sie nicht nur mit den Augen den Meerjungfrauen und Nixen zu folgen, deren Schwanzflossen beim Auf- und Eintauchen ins Meer verführerisch glitzerten.

Das war die Stunde der Seeungeheuer, mit ihrem heißen Atem töteten sie die Menschen, Piranhas eilten herbei, zerteilten sie in kleine Portionen, die sozialen Delfine verteilten die Mahlzeiten gerecht an die Hunger leidenden Seetiere. Ein Großteil wurde am Südpol eingefroren, zwecks späterer Verwendung. Die Hungersnot war vors Erste beseitigt, Poseidon gab ein großes Fest, überall im offenen Meer und an den Küsten leuchtete und glitzerte es bläulich, wie die Augen und Haare Poseidons.

Als Yola erwachte, spürte sie den weichen warmen Sand unter sich, die Sonne strahlte, wärmte ihre Seele und

Gliedmaßen. Sie schaute an ihrem Körper herunter, die Schwanzflossen waren verschwunden. Pegasus hatte sie auf seinem Rücken an Land gebracht.

Sie machte sich auf den Weg zurück zum Palast. Die angespannte Atmosphäre, ja die Verzweiflung dort schockierte sie. Ihre Rückkehr erregte große Aufmerksamkeit, aber von Freude keine Spur. Odysseus schloss sie wortlos in seine Arme, brachte sie auf ihr Zimmer. „Du musst jetzt ganz stark sein", eröffnete er ihr. Yola schaute ihn fragend, ängstlich an, er nahm ihre Hände in seine, „es ist etwas Furchtbares passiert, Raja erpresst mich", erklärte er. „Raja erpresst dich", wiederholte Yola wie ein Automat. „Du erpresst Raja, so rum, du hast dich versprochen", Yola blickte Odysseus auf Zustimmung heischend an. „Nein, du hast richtig gehört, Raja erpresst mich", wiederholte er. „Aber, aber wie kann das sein, das ist doch nicht möglich, womit denn und warum, warum denn" stammelte Mo. „Um dich und die LöwInnen in ihre Gewalt zu bekommen", erklärte Odysseus. „Ich verstehe nicht, ich bin hier in Griechenland bei dir, du bist der Präsident des Landes" entfuhr es Yola.

„Ja, genau das ist das Problem, hör zu Mo, ich brauche Geld, sehr viel Geld, Griechenland steht vor dem Staatsbankrott, die Tourismusbranche ist zusammengebrochen, davon lebt doch das Land. Griechenland schuldet Deutschland viele Milliarden, benötigt nun weitere Milliarden", fügte er hinzu. Er berichtete ihr von dem Geschehen in ihrer Heimat: „Raja herrscht in deiner Heimat, sie ist Königin, Alleinherrscherin, zusammen mit Cloé als ihrer Verbündeten. Maximilian wurde zum Kanzler gewählt, aber kurz darauf muss er ums Leben gekommen sein unter mysteriösen

Umständen, seine Leiche wurde nicht gefunden. Das Militär hat geputscht, die Republik wurde zur Monarchie, mit Raja als strahlender Königin, bejubelt in den Medien.

Seit deinem Verschwinden versuche ich Raja hinzuhalten, aber es geht nicht mehr anders, du musst nach Deutschland", sagte Odysseus, ebenfalls der Verzweiflung nahe. Yola verstand nun, dass sie selbst durch ihre „Rettungsaktion", die Krise herbeigeführt hatte. „Raja droht außerdem mit Krieg", fügte er noch hinzu.

„Wenn es nicht anders geht", sagte Yola tapfer und schluckte „werde ich nach Deutschland zurückkehren, aber du musst erneut mit Raja verhandeln. Ich werde gehen, wenn die LöwInnen hierbleiben dürfen, du musst das zur Bedingung machen, die nicht verhandelbar ist".

Am Tag der Abschiebung, kurz vorm Abflug setzte Odysseus Yola den Kranz aus dem Kraut Moly auf den Kopf, den sie Carlotta, Marek und Kolja bei ihrer Trennung mitgegeben hatte, „er wird dich beschützen, du darfst ihn nicht absetzen", gab er ihr noch mit auf den Weg.

Zeus war zornig, so zornig wie selten. Die kleine Europa, die gekommen war, ihrem Bruder zu helfen, nun war sie in tödlicher Gefahr. Wieder mal verfluchte er Prometheus, der den Menschen das Feuer und die Klugheit, die er Athene gestohlen hatte, gebracht hatte. Jetzt würde er, Zeus, zu anderen Mitteln greifen.

Kaum war das kleine Privatflugzeug in der Luft, schickte er einen riesigen Sturm, Blitz und Donner. Der Pilot

Eros Petridis verlor den Funkkontakt zum Tower, das kleine Flugzeug geriet in gefährliche Turbulenzen. Eros schnallte sich einen Fallschirm um, in letzter Sekunde schnappte er Yola, befestigte sie huckepack auf seinem Rücken, er hatte es einfach nicht fertiggebracht, sie ihrem Schicksal zu überlassen. Der Sturm war so stark, sie bekamen nur mit großer Anstrengung die Tür auf, sofort wirbelte er sie durch die Lüfte, trieb sie weit weg vom Flugzeug. Es dauerte keine 2 Minuten, da hörte der Sturm so abrupt auf wie er gekommen war. Eros Petridis und Yola landeten sanft auf einem Acker. Beide waren sehr erleichtert, was war das für ein Spuk?

Yola schaute Eros zwischen Hoffnung und Angst schwankend an, würde er sie laufen lassen? Er erriet, was Yola dachte, er machte eine Handbewegung als wolle er sie fortscheuchen und so war es ja auch, Yola umarmte ihn kurz, flüsterte ein „Danke" in sein Ohr, dann verschwand sie, nur mit einigen Euros in der Tasche, die er ihr noch in die Hand gedrückt hatte. Er würde ihr einen großen Vorsprung lassen, bevor er sich mit seinen Leuten in Verbindung setzte, da war sie sich sicher.

Yola hatte keine Ahnung wo sie sich befand. War sie überhaupt noch in Griechenland, könnte sie einfach so zum Bahnhof gehen, eine Fahrkarte kaufen und wenn ja, in welches Land sollte es gehen? Yola lief und lief und lief, die Landschaft war wunderschön, sehr einsam, Wälder und Wiesen wechselten einander ab, nur vereinzelte Hütten, kleine Seen, in denen sich der Himmel spiegelte. Ihr begegneten Schaf- und Ziegenherden, sie rastete in ihrer Nähe, beobachtete die Tiere, sprach mit ihnen, streichelte, fütterte sie mit ihren gesammelten Äpfeln, große Ruhe ging von den Tieren aus, die sich auf sie übertrug, sie aß ihre Pfirsiche, Melonen und Feigen, die sie überall am Wegesrand fand. Sie meinte fast die Geborgenheit ihrer vergangenen Kindheit auf chateau l eau zu verspüren, etwas wie Zuversicht keimte in ihr auf.

Sie war wohl schon 4 Tage gelaufen, wurde mutiger, traute sich jetzt in belebtere Gegenden, sie wollte wissen, wo sie sich eigentlich befand. Plötzlich am 5. Tag ihrer Wanderung sah sie ein Schild nach Giurgiu, sie folgte dem Schild. Als sie die Wiese sah, auf der Leute damit beschäftigt waren ein Zirkuszelt aufzubauen, fasste sie sich ein Herz, sie ging auf die Gruppe zu, keiner verstand sie, eine junge Frau wurde gerufen, die offensichtlich schwanger war, sie sprach mehrere Sprachen, darunter auch deutsch. Yola hatte Schwierigkeiten zu erklären, wieso sie so aus dem Nichts hier aufgetaucht war. Sie log: „Mein Mann hat mich aus dem Wagen geworfen, wir haben uns gestritten, er hat zwar versucht, mich dazu zu bewegen, wieder einzusteigen, das habe ich aber nicht gewollt, ich will nichts mehr mit ihm zu tun haben", die junge Frau schaute sie mitfühlend an, sie hatte ihre Rolle der misshandelten Ehefrau wohl überzeugend gespielt. Nephele, so hieß ihre Retterin, übersetzte den Umstehenden die Geschichte, sie waren alle sehr teilnahmsvoll, luden Yola ein, bei ihnen zu bleiben.

Am nächsten Tag erfuhr Yola, dass es sich bei der Schwangeren um die Seiltänzerin handelte, der Zirkus suchte dringend Ersatz. Yola hatte zwar noch nie auf einem Seil getanzt, aber sie fragte „Vielleicht darf ich es mal versuchen?" Die Zirkusleute schauten sie skeptisch an, entgegneten: „Du weißt wohl nicht wovon du sprichst, man muss in die Zirkuswelt hineingeboren sein, schon als Kind beginnen wir mit dem Training. Trotzdem ließen sie Yola auf das Seil. Die Artisten waren perplex, Yola lief über das Seil als hätte sie nie etwas anderes gemacht, so sicher, als hätte sie den Boden unter sich. Die Zirkusleute applaudierten, sie war engagiert, am folgenden Tag begannen die Proben. Als nächstes sollte es nach Rumänien gehen, dann in die Türkei, Mazedonien und in die Nordafrikanischen Staaten. Z. Z. befanden sie sich an der Grenze zu Bulgarien.

In der Folgezeit wurde hart geprobt, Yola machte riesige Fortschritte. Die schwangere Nephele war nicht nur Seiltänzerin, sondern als Frau des Messerwerfers Ajax auch seine Assistentin, das war jetzt natürlich nicht möglich. Er bat Yola, für seine Frau einzuspringen. Da geschah es, dass Ajax, der an die Umrisse seiner Frau gewöhnt war, Yola direkt ins Herz traf. Alle Umstehenden schrien vor Schreck auf, doch Yola zog sich das Messer aus der Brust, sie hatte keinerlei Verletzung. Darüber war sie fast genauso erstaunt wie über die Vorstellung erschrocken, tödlich getroffen worden zu sein. Lag es etwa an dem Kranz aus dem Kraut Moly, den sie immer auf dem Kopf trug?

Ajax war sehr bestürzt über sein Missgeschick, er wollte schon seinen Beruf an den Nagel hängen, aber Yola überzeugte ihn, dies nicht zu tun.

Am nächsten Tag sah sie dem Zauberer Dedi bei seiner Arbeit zu. Er hatte von dem Missgeschick Ajax und dem

Wunder, dass Yola unverletzt geblieben war, erfahren, da er heimlich Yola ebenfalls für eine große Zauberin hielt, wollte er ihr imponieren, statt eines Kaninchens zauberte er einen Tiger aus seinem Hut. Mit der Reaktion Yolas hatte er nicht gerechnet. Sie stürzte sich auf ihn und den Tiger, war total aus dem Häuschen, sie weinte, sie lachte, umarmte den Tiger, dann ihn, wieder den Tiger, dann wieder ihn, wusste nicht wohin vor Freude. Sie lief zu jedem Wohnwagen, klopfte laut an Fenster, rappelte an Türen, dicht gefolgt von „Bimbo". Die Zirkusleute stürzten aus ihren Wohnwagen, wussten nicht, was das Spektakel sollte. Yola informierte sie atemlos über die Wiederauferstehung Bimbos. Alle freuten sich mit Yola, es gab ein riesiges Fest.

Yola war nun schon 3 Monate mit dem Zirkus Mambala unterwegs. Der erste Monat war wunderschön. Bimbo war wieder bei ihr. Die Zirkusleute waren nun ihre Familie. Sie konnten ohne Schwierigkeiten die Grenzen passieren, ein Tiger war in dieser Umgebung nichts Ungewöhnliches. Aber Yola vermisste ihren Vater, Sylvie, Maggie, Alexander, seine Mutter Ruth und nicht zuletzt die drei LöwenInnen, die sie in Griechenland hatte zurücklassen müssen. Könnten sie doch alle wieder vereint auf chateau l'eau leben.

In einer sternenklaren Nacht, der Mond und „Yellow Eye" schienen ungewöhnlich hell auf ihr Bett, in ihre Gesichter, sodass Bimbo und sie sich unwillkürlich in ihren Kissen aufrichteten, um durch das geöffnete Panoramafenster ihres Wohnwagens die himmlischen Freunde zu begrüßen, sie waren diese Nacht auch besonders groß und zum

Greifen nah. Die zarte Gestalt ihrer Mutter betrat die Bühne, sie kletterte auf einen großen Felsen des Mondes, balancierte ein wenig darauf herum, schaute zu ihnen herüber, winkte ihnen zu, sie winkten zurück, Estelle holte weit mit ihrem rechten Arm aus und – plumps – ein Mondstein, umwickelt mit einer Botschaft, landete direkt in Yolas Schoß. Laut las sie Bimbo vor, was ihre Mutter ihnen mitteilte: „Liebste Mo, mein auserwähltes Kind – Bimbo ist wieder da – Hurra!

Doch das Einhorn in den Karpaten, lass es nicht warten, sein Horn wurde ihm abgeschlagen, zu Marian Shisha getragen, das Horn es wurde degradiert, zum Becher umfunktioniert, der Wein darin – frisch – antitoxisch, die Ausgeburt der Bosheit vor dem Tod gefeit."

Yola dachte an das Einhorn, das Alexander und ihr im tiefen Wald auf chateau l'éau einmal begegnet war. Es war weiß, hatte einen Schwanz wie Leon, Flügel wie Pegasus, eine unbeschreiblich dichte ebenfalls weiße Mähne, die weit in die Vorhand reichte und natürlich das Horn in der Mitte der Stirn. Sie fütterten es mit Äpfeln und Möhren, schnell verschwand es danach im Wald, sie hatten es nie wieder gesehen, aber seine Kraft gespürt, es würde den Wald, chateau l'eau und die darin Lebenden beschützen.

Yola winkte ihrer Mutter noch einmal zu, auch Bimbo hob seine Tatze, ihre Mutter dankte ihnen, sie zauberte leuchtende Scheiben, die von farbigen Ringen umgeben waren um den Mond. Yola wusste nun was zu tun war, sie musste das Einhorn retten, ihm sein Horn zurückbringen.

Am nächsten Morgen sprach sie mit den „Mambalas", sie waren überhaupt nicht so erstaunt, dass Yola sie verlassen wollte, wie Yola erwartet hatte. Da sie sowieso in den Süden Transkastaniens fahren wollten, setzten sie sie am Fuße einer alten Festung ab, die Fürst Vlad II gehört haben sollte. Yola spürte, dass sich das verletzte Einhorn hierhin zurückgezogen hatte in die Wildheit der Karpaten. Der Wald war majestätisch, die Vögel zwitscherten, Sonnenstrahlen durchzogen die satt grünen extrem hohen Bäume, das Farn war neongrün. Sie rochen und hörten die Natur, spürten die Erhabenheit der darin lebenden Wölfe, Füchse und Braunbären.

Sie blickten zum Himmel, da schaute die alte Burg Vlads II. an der Felskante auf sie herab. Es dauerte einige Stunden bis sie oben angekommen waren. Die alte Ruine erinnerte sie an chateau l'eau, sie war noch besser geschützt, weil die Ziegelsteinaufbauten direkt in die steil ins Tal abfallenden Felsformationen übergingen. Die Türme hatten einen Zinnenkranz mit Verteidigungsplattform, die Mauern Wehrgänge genau wie chateua l'eau.

Sie mussten das Einhorn finden, die Besichtigung der Burg konnte warten. Schnell durchsuchten sie den Wohnturm, im dritten Stock fanden sie es, es lag auf Stroh, war abgemagert, die schönen großen braunen Augen wirkten erloschen, trotzdem erkannte es Yola sofort, es kam mühsam auf die Beine, trottete langsam auf Yola zu. Yola betrachtete die klaffende Wunde, dort wo das Horn gesessen hatte. Yola umarmte das Einhorn „Armes Einhorn, sei nicht verzagt, jetzt bin ich hier, du wirst dein Horn wiederbekommen, das verspreche ich dir, du wirst wieder stark und mutig sein wie es sich für ein Einhorn gehört", sprach Yola dem Einhorn Mut zu. Sie fütterte es wieder mit Äpfeln und Möhren und rieb es mit Asklepias Salbe ein, sodass die Schmerzen verschwanden. Das Einhorn fühlte sich gleich viel wohler.

„Liebes Einhorn, erzähl uns doch, was es mit deinem Horn auf sich hat, wieso hast du es verloren?", bat Yola um Aufklärung. Das Einhorn begann mit seiner Erzählung: „Wie du weißt, habe ich in eurem Wald gelebt, es ist ein so schöner Wald, ich war noch nicht lange dort als wir uns begegneten, meine Heimat sind die Karpaten und diese Burg hier. Eine Gruppe Kraniche, die nach Spanien wollte, umkreiste meine und Vlads Burg, trompetete mir zu: „Mo ist in Gefahr, in Gefahr, das ist son nenklar, nutze dein Radar, dann bist du rechtzeitig da." Ich flog zu euch, wollte dich und deine Liebsten beschützen. Leider habe ich versagt, ich konnte das Unheil nicht abwenden. Verflucht sei Raja. Nur Chimären wie du und ihre Freunde wie Alexander können mich normalerweise ausmachen, ich bin dem menschlichen Auge entzogen. Doch schon als ich Raja im Wald erblickte, schon in der ersten Sekunde war es zu spät, betört durch ihre Schönheit, verhext, verzaubert, geblendet stand ich reglos da, konnte sie nur anstarren, ich wollte mich retten, der materiellen Welt entfliehen, meine Kraft aber, meine Energie – geraubt – von Raja. Sie saugte sie aus mir heraus, sie übertrug sie auf sich, sie schoss Feuerkugeln auf euer Schloss.

Mit letzter Kraft flog ich zum Schloss, packte deine Liebsten, entriss sie den feuerspeienden Drachen, schaffte es bis zum Flughafen. Sie sind in den USA, aber dazu später", berichtete das Einhorn. Yola war so dankbar zu hören, dass ihre Liebsten in Sicherheit waren. Sie lauschte weiter den Worten des Einhorns: „Durch den Brand waren meine Flügel angesengt, das Horn ebenfalls, nur im Schutze eines anderen Kranichschwarms gelang es mir wieder heil hier anzukommen, ich durfte im Randwinkel der Formation fliegen, ohne den jeweiligen Vogel an der Spitze ablösen zu müssen.

Hier lag ich dann darnieder. Zu allem Überfluss hatte ein Ornithologe den Kranichschwarm und somit auch mich beobachtet. Sicherlich hat er von seiner sonderbaren Entdeckung berichtet, jedenfalls tauchte eine Horde bösartiger Jugendlicher, die zur Mafia von Präsident Marian Shisha gehören, zur Holzmafia, hier oben auf, ich war ihnen schutzlos ausgeliefert, sie schnitten mir das Horn ab und riefen: „Das ist für unseren Präsidenten, er wird uns königlich entlohnen, das ist für Marian Shisha". Sie traten und schlugen auf mich ein, bespuckten mich. Ohne mein Horn bin ich ein Nichts, es wächst erst in 10 Jahren nach", sprach das Einhorn mit zittriger Stimme.

Yola war entsetzt ob des Gehörten, wollte sich ihre Furcht aber nicht anmerken lassen, so sagte sie Zuversicht in ihre Stimme legend: „Wir werden einen Weg finden, du wirst dein Horn zurückbekommen." Gerade als sie noch über tröstende Worte nachdachte, ertönte leise Glockengeläut von Ferne, eine dunkle Wolke schob sich vor den Mond und „Yellow Eye". Die Wolke war fort, sie gab den Blick frei auf eine Chimäre, die nun neben dem Einhorn stand. Mos Blick schweifte vom kräftigen gestählten

Männerkörper hinauf zu dem Wolfskopf, den der Krieger auf dem Hals trug. Dieser Umstand machte ihr den Unbekannten sofort sympathisch.

„Das ist Vladimir Visier", ein Nachfahre Vlads II., sagte das Einhorn zu Mo gewandt, zu Vladimir sagte es: „Das ist Mo von der ich dir schon soviel erzählt habe, sie ist gekommen um uns zu helfen im Kampf gegen die Holzmafia".

Bei dem Namen Vlads II. erschauerte Mo ein wenig. In ihrer Bibliothek auf chateau l'eau hatte sie ein Buch gelesen, das Vlad II. als sadistischen grausamen Herrscher darstellte, der Freude am Foltern und Morden, am Pfählen von Menschen hatte. Das Einhorn hatte ihr Gruseln bemerkt, es beschwichtigte Mo mit den Worten: „Sei un besorgt Mo, Vladimir ist mein Freund, nur seine Vorfahren waren grausam, so wie deine auch. Vlad II. wurde im Kampf der Kopf abgeschlagen so wie es damals üblich war und in Honig konserviert. Über die Jahrhunderte wurde der Kopf in einer geheimen Zeremonie von Herrscher zu Herrscher weitergereicht. Marian Shisha ist heute im Besitz des Kopfes und auch meines Horns, er leckt von Zeit zu Zeit an dem Kopf, dadurch wird er brutal und grausam wie einst Vlad II. Marian Shisha erlaubt anderen Staatsmännern, die ihm nützlich sein können, seine Macht zu sichern, ebenfalls davon zu naschen, sie werden genauso brutal und grausam wie er. Wir müssen mein Horn und Vlads Kopf finden, es ist sehr dringend, wir müssen die Menschheit von den Despoten befreien.

So erfuhr Mo von dem Plan, den das Einhorn und Vladimir Visier vor ihrer Ankunft schon geschmiedet hatten.

In dieser Nacht entführte Vladimir sie in eine andere Welt, sie liebten sich in seinem Himmelbett beim Flackern der brennenden Kerzen. Das Gesicht Ulf's stülpte sich über den Wolfskopf. Es war so wie in der Laube auf chateau l'eau, genauso schön und unwirklich. Die Kraft des Mannes drang in sie ein, sie würde eine Gladiatorin sein.

Mo war auf dem Weg ins Dorf. Sie trug eine auffällige diamantene Halskette aus der Schatztruhe im Kellergewölbe der Burg, mit einem großen herzförmigen Smaragd als Anhänger, die Kette war viel zu groß für ihre kleine zierliche Gestalt, fiel aber deswegen sofort ins Auge. Die Passanten auf der Straße näherten sich Mo, die sie noch nie hier gesehen hatten, sie waren neugierig. Damit hatte Mo gerechnet, das war ihr Plan. Mo spielte ihre Rolle des kleinen naiven Mädchens sehr überzeugend. Bimbo, den das Einhorn in ein kleines Kätzchen verwandelt hatte, saß auf ihrer Schulter. Sie gaben ein reizendes Pärchen ab. Mo schlug einige Räder, Bimbo hangelte sich dabei von einem Körperteil Mos zum anderen, ohne herunterzufallen. Es war eine kleine Zirkusnummer. Die Passanten kamen interessiert näher. Das war mal etwas Anderes in ihrem trostlosen Dasein, das von der Holzmafia beherrscht wurde, eine kleine willkommene Ablenkung.

Bimbo sprang nun von Mos Schulter, lief zum nächsten Baum, raste den Stamm hinauf. Von oben schaute er auf sein Publikum herab, das sehr wohl bemerkte, dass das Tier sich der Aufmerksamkeit, die es erregte bewusst war und eine kleine Show abziehen wollte, bis zu dem Augenblick als Bimbo versuchte, den Baum wieder herunter zu klettern. Er drehte und wendete sich auf einem

Ast, schwankte damit besorgniserregend hin und her, er wirkte ängstlich, es schien als könne er nicht mehr hinunter, drohe hinabzustürzen. Erschrocken schrien einige auf. Doch ätsch bätsch, kaum war eilig eine Leiter geholt, um das Tier zu retten, die ersten saßen nun selbst im Baum fest, trauten sich nicht weiter hinauf, kletterte der Kater wohlgemut den Stamm rückwärts, sich mit seinen Krallen daran festklammernd, hinunter, an den festsitzenden Helfern vorbei, schaute übermütig auf seine Zuschauer herab. Unten angekommen raste er zu Mo zurück und schnurstracks auf ihre Schulter. Erleichtert lachend atmeten die Zuschauer auf, der Kater hatte sie geneckt und gefoppt, sie klatschten Applaus. Sie umringten nun Mo, wollten endlich wissen, wer sie sei, ihre ganze Konzentration richtete sich jetzt auf sie und die große Kette, die sie um den Hals trug.

Mo erzählte bereitwillig: „Ich gehöre zum Wanderzirkus Mambala, wir machen hier in der Nähe einige Tage Rast, gestern bin ich auf den Berg geklettert, weil ich schon soviel von der Burg Vlads II. gehört habe. Durch Zufall bin ich in ein Kellergewölbe geraten, in der Dunkelheit über etwas gestolpert und gegen eine Mauer geknallt. Als ich mich an ihr aufrichten wollte, haben meine Finger einen Knopf ertastet, ich habe darauf gedrückt, die Wand hat sich wie von Geisterhand geöffnet, im Schein meiner handy Taschenlampe entdeckte ich die Truhe, das Geschmeide quoll aus ihr heraus. Ich werde noch heute „meine Leute" informieren, sie werden mir helfen den riesigen Schatz zu bergen.

Die 3 jungen Männer, auf die die Beschreibung des Einhorns passte, waren inzwischen auf der Bildfläche, wie

Mo beabsichtigt und gehofft hatte, erschienen. Sie bauten sich provozierend vor Mo auf, Mo konnte ihnen ansehen was sie dachten, sie hielten sie für ein dummes Ding, „du wirst uns zum Schatz bringen", befahlen sie, einer griff bereits begierig an ihren Hals, um ihr die Kette zu entwenden. Doch Mo reagierte blitzschnell, sie umfasste die Hände des Typen, quetschte sie zusammen, dass er aufschrie, warf ihn, als wäre er leicht wie eine Feder, vor die Füße seiner mafiösen Spießgesellen.

Mo umtänzelte geschmeidig die Gangmitglieder, fuchtelte mit ihren Krallen, die ihr wie das Einhorn ihr versprochen hatte, gewachsen waren, vor ihren Gesichtern herum. Bimbo ließ ein Roooar ertönen, das einem ausgewachsenen Tiger alle Ehre gemacht hätte. Eingeschüchtert hielten die Jugendlichen und die anderen Zuschauer Abstand. Mo ergriff das Wort: „Hört zu, ich weiß, dass ihr dem Einhorn böse mitgespielt habt, ihr holt Marian Shisha sofort hierher, er soll das Horn, für das ihr so viel Geld kassiert habt, mitbringen und den Kopf Vlads II. dazu, dann bekommt ihr den Schatz, wenn ihr euch weigert, werde ich euch töten", drohte Mo. Um ihre Drohung zu unterstreichen schnappte sie sich einen anderen der drei, der nun wie in einem Schraubstock gefangen war, kratzte leicht über sein Gesicht, so dass es blutete, drückte ihm die Kehle zu, warf auch ihn wie einen nassen Sack seinen Freunden vor die Füße. Er japste nach Luft, griff sich an die Kehle.

Mo stieß die 3 Jugendlichen vor sich her in die Kneipe, die sie schon vorher gesichtet hatte. Der Wirt hatte alles aus vermeintlich sicherer Distanz beobachtet, doch jetzt kam Bewegung in ihn. Ganz unterwürfig rückte er einen Stuhl für Mo zurecht. Während Mo sich an Rührei mit Speck und einem großen Glas Bier labte, führte der Anführer der Gang eilig ein Dutzend Telefonate, dann verkündete er: „Shisha ist auf dem Weg hierhin".

Nach 3 Stunden angespannten Wartens landete Marian Shisha unauffällig in einem kleinen Privatflugzeug im Dorf Capateni Pamanteni. Mit seinen 7 Bodyguards betrat er die kleine Kneipe. Wie alle Leute seines Schlages trug er einen Maßanzug aus erlesener Wolle. Sein Gesicht war aufgeschwemmt von Genusssucht, von Maßlosigkeit, aber auch von Arroganz, Kälte und Brutalität gezeichnet. Verächtlich schaute er sich in der Runde um: „Was soll das hier, ihr habt Angst vor dem kleinen Mädchen und seinem Kater?" Wo ist der Schatz, führt mich sofort dorthin, ich will ihn mit meinen eigenen Augen sehen, na los, wird's bald, vorwärts!", kommandierte er.

Als die Jugendlichen seiner Aufforderung nicht nachkamen, winkte er seine Bodyguards zu sich. „Macht ihnen Beine!", schimpfte er. Er selbst ging auf Mo zu, wollte sie vom Stuhl scheuchen, „los Mädchen, steh auf, führ uns zum Schatz, zeig uns den Weg!", rief er gebieterisch. Mo sprang vom Stuhl hoch, packte Shisha beim Arm, drehte ihn auf seinen Rücken, vor Schmerz heulte er auf. „Du weißt doch, dass ich das Horn und das Herz haben möchte, zeig sie mir, *ich* bin es, die hier die Forderungen stellt, hast du mich verstanden?", rief Mo zornig und bog den Arm Shishas weiter nach oben. Er wimmerte: „Macht was sie verlangt!" Als Mo sich davon überzeugt hatte, dass das Gewünschte im Rollkoffer war, entwaffnete sie die

Bodyguards, zerquetschte die Pistolen als seien sie aus Butter, dann ließ sie Marian Shisha frei.

Den Jugendlichen verpasste sie noch eine gehörige Tracht Prügel, „soll ich euch die Nasen abschneiden?", fragte sie zuckersüß. Entsetzt fassten sich die jugendlichen Mafiosi an ihre Nasen, in Windeseile flohen sie davon, keiner wagte es, ihr zu folgen.

Der Aufstieg war beschwerlich vor allem wegen der großen Koffer für den Schatz. Als sie endlich oben angekommen waren, war es eine Stunde vor Mitternacht, Shisha und seine Männer schauten sich im Wohnturm um, sie sahen nur das Einhorn auf dem Stroh. Sie hatten mit einer Falle gerechnet, vielleicht waren ja die Zirkusleute hier, fahrendem Volk war nicht zu trauen. Aber nur Mo und das geschwächte Einhorn. Damit würden sie schon zurechtkommen, auch wenn Mo ausgesprochen kämpferisch war, sie würden sich nicht mehr überrumpeln lassen.

Sie nahmen ein deftiges Abendbrot zu sich, um wieder zu Kräften zu kommen. Mo musste es bis Mitternacht zur Ankunft Vlads II. hinauszögern. Endlich war es soweit. Aus der Ferne erklangen die Kirchenglocken wie gestern um diese Zeit. „Zeig uns nun den Schatz, es ist schon spät", verlangten die Männer. „Erst legt ihr das Horn und das Herz zum Einhorn aufs Stroh, euren Einsatz, das ist der Deal!", forderte Mo die Männer auf. Die Männer taten wie geheißen, sie beabsichtigten Herz und Horn wieder mitzunehmen hätten sie erst den Schatz.

Mo führte sie durch das labyrinthartige Gemäuer, alleine hätten die Männer die Geheimtür und das Versteck dahinter nie entdeckt. Als die Mafiosi die Truhe sahen stürzten sie darauf zu, rissen den Deckel hoch, es funkelte und glitzerte nur so im schwachen Schein der Taschenlampen. Lautlos war Vladimir auf der Bildfläche erschienen, stand nun direkt hinter ihnen, wegen des Luftzugs, den er verursacht hatte, schauten sich die Männer nach ihm um, sie waren zu überrumpelt, um schnell zu reagieren, im Gegensatz zu Vladimir. Er packte jeweils 2 der Männer im Genick, stieß sie mit den Köpfen aneinander, sodass sie bewusstlos zusammensackten.

Nun übernahmen die Fledermäuse, sie labten sich an dem Blut der Männer.

Hekate erschien auf der Bildfläche, sie hielt die Totenbeschwörung als Göttin der Magie, Wegkreuzungen, Weggabelungen, der Schwellen und Übergänge als Wächterin der Welten. Sie bekam den Schlüssel zur Schatztruhe, in der das Herz verstaut wurde, nur sie würde die Kiste wieder öffnen können. Die Ghuls verspeisten die menschlichen Überreste.

Hekate, Vladimir und Mo gingen zurück zum Einhorn, Bimbo, der nun wieder seine alte Größe erlangt hatte, war es gelungen mit seinen 2 Vordertatzen das Horn dem Einhorn einzusetzen. Das Einhorn war überglücklich, es hatte seine Kraft, die Stärke und Energie zurück, es konnte nun auch wieder Tote zum Leben erwecken. Es würde die Gepfählten und die von der Mafia getöteten Naturschützer nach und nach wieder beleben, um den

Kampf gegen die Holzmafia führen zu können. Mo war begierig über die Machenschaften der Holzmafia zu erfahren. Das Einhorn erläuterte Mo das Betrugssystem des illegalen Raubbaus: „Ein Unternehmer kauft eine bestimmte Menge Holz in einer vom Forstrevier organisierten Ausschreibungsrunde. Er arrangiert dann die Dinge mit dem Forstingenieur, der in den Wald geht und einige Bäume markiert. Die Menge, die abgeholzt wird ist volumenmäßig größer als angegeben. Unter Aufsicht des Försters werden Bücher gefälscht. Es existiert ein riesiger Schwarzmarkt, das Holz kann weiß gewaschen werden. Marian Shisha und seine Mafiosi haben damit eine Milliarde jährlich verdient."

Tränen der Wut brannten in Mos Augen, Luchse und Bären verloren durch diese Machenschaften ihre Heimat. „Erläutere mir den Plan, wie können wir der Mafia das Handwerk legen?", forderte Mo das Einhorn auf. „Wir vernichten das Möbelhaus von AEKI in der nächsten größeren Stadt. AEKI, das ist dir ja hoffentlich bekannt, steht für die illegale Abholzung der Wälder im ganz großen Stil!" belehrte das Einhorn sie.

Das Einhorn, Vladimir, Bimbo und Mo machten sich daran, alles für die Ankunft der Gepfählten und getöteten Naturschützer vorzubereiten, sie sollten sich wohl fühlen, keinen Schreck bekommen. Der Festsaal wurde mit Bänken ausgestattet, auf den Tischen stapelten sich Brot, Kartoffeln, Erbsen, Bohnen, Rüben, Fenchel, Liebstöckel, Linsen, Gurken, Kohl, Kohlrabi, Möhren, Milch und Käse von Schafen und Ziegen, ein Kompromiss, weil Mo vegetarisch lebte, Äpfel, Kirschen, Pflaumen und Birnen.

Krüge mit Wein, Apfelwein und Bier zum Herunterspülen des Brotes standen bereit.

Wie im 15. Jahrhundert üblich wurde der Saal von Fackeln, die an den Wänden befestigt waren, beleuchtet. Das Einhorn scharrte mit den Hufen, die ersten 20 Gepfählten erwachten zum Leben. „Seid gegrüßt ihr lieben Leute im Heute, ihr braucht keine Angst zu haben, sollt euch an den Speisen laben. Die Gepfählten schauten sich um in der gewohnten Umgebung, Mo und das Einhorn begannen ganz behutsam und einfühlsam die Situation, die lange Geschichte bis zu ihrer heutigen Begegnung zu erzählen. Ihre Verwirrung wich deswegen der Freude über das Festmahl, sie entspannten sich langsam und langten ordentlich zu.

Etwas schwieriger war es mit den Naturschützern, für sie war eine solche Umgebung ungewohnt, unheimlich. Doch auch hier fanden das Einhorn und Mo die richtigen Worte. Bald saßen alle friedlich beieinander.

Die Naturschützer waren schnell im Bilde, „Holzmafia" war für sie kein Fremdwort, sie hatten versucht sie zu bekämpfen, waren dabei getötet worden. Die vordringliche Aufgabe bestand nun darin, die Gepfählten, es würden an die 100.000 sein, nach und nach ins 21. Jahrhundert zu integrieren. Sie mussten etwas über das Zwei-Grad-Ziel, Internet, mobile Kommunikation, künstliche Intelligenz, Robotik, 3-D-Druck, autonome Mobilität lernen.

Aber im Grunde war alles gleich geblieben. Wenige Reiche beuteten die Natur und die vielen Habenichtse aus.

Das alte Klassensystem war dasselbe, wenn sich die Begriffe auch geändert hatten.

Die Gepfählten lernten schnell von den jungen Naturschützern, sie konnten Geld am Geldautomaten ziehen, eine Bahnkarte kaufen, auch das Internet war kein großes Problem.

Im Fitnessstudio waren sie die Stars, sie waren sportlich wie heutige Athleten. Früher wanderten sie lange Wege zu Fuß, schlugen mit Äxten oder Streithämmern, machten sogar Saltos in ihren schweren Rüstungen, rissen Felsbrocken vom Boden empor, das zahlte sich heute aus.

Nach 3 Monaten war es soweit. Der Angriff auf AEKI konnte starten. Kurz vor Feierabend stürmten sie in ihren Kettenhemden ins Einkaufszentrum mit Schwertern bewaffnet. Sie schlugen wild mit voller Wucht auf die Möbel ein, die Besucher des Geschäftes flohen panikartig, auch die Angestellten. Die herbeigerufene Polizei hatte mit friedlichen Demonstranten gerechnet, sie waren es nicht gewohnt, dass sie so massiv angegriffen wurden, es war in der Gesellschaft Konsens, dass nur *sie* Gewalt ausüben durften, um das bestehende System zu schützen. Völlig überrumpelt von der Gewaltbereitschaft der Gegner der Holzmafia mussten sie sich von dannen trollen. Es war eine herbe Niederlage, brachte ihr Weltbild durcheinander.

Der Angriff auf AEKI war eine Sensation. Eine Welle der Empörung schwappte durch die Medienlandschaften der Welt, die korrupten Politiker schnappten nach Luft, fuchtelten in ihren Reden drohend mit den Händen in der Luft herum, als Zeichen der Macht, ihrer strafenden Gewalt, riefen nach Vergeltung.

Die Elenden dieser Welt sahen das anders. Die unglaubliche Geschichte, die sich schneller verbreitete als man sie erzählen konnte, die sich in Transkastanien zugetragen haben sollte, beflügelte die Sklaven in Mauretanien, in Indien, in Thailand, in Nordkorea, im Kongo genauso wie in Ungarn. Sie wollten aufbrechen, wie die Israeliten aus Ägypten aus der Sklaverei des Pharaos.

Über das Verbleiben von Marian Shisha wurde viel spekuliert. War er ins Exil abgehauen, wurde er ermordet, versteckte er sich? Keiner aus dem mafiösen Umfeld der ehemaligen Regierung traute sich aus der Deckung. Vielleicht tauchte Marian Shisha wieder auf, ließ sie hinrichten, weil sie ihm nicht treu ergeben waren.

4 Generäle pilgerten dennoch auf die Burg Vlads II., um sich ein Bild von der „neuen Regierung" zu machen. Als sie endlich oben angekommen waren, wurden sie von einer jungen hübschen Frau, namens Alea Wollseil empfangen. Mit ihrer Nickelbrille sah sie wie die Schwester John Lennons aus, sie war ausgesprochen eloquent und erläuterte die Ziele ihrer Politik außerordentlich überzeugend. Ihr zur Seite stand ein Mann, der, obwohl es ziemlich kühl war, nur seine starke Körperbehaarung am Oberkörper trug, anstatt zu sprechen ließ er seine Muskeln spielen.

Von der sagenumwitterten Mo, ihrem Tiger Bimbo, dem Einhorn oder Vladimir Visier war nichts zu sehen. „Alles eine geschickte PR-Aktion dieser Terroristen", vermuteten die Generäle.

Die 4 Kommandanten traten den Rückzug an, sie beschlossen, still zu halten und den Dingen ihren Lauf zu lassen.

Erlass der neuen Regierung

„AN ALLE UNTERNEHMEN! Wer nicht erklären kann, ob die Rohstoffe, die er verwendet mit der Ökologie im Einklang stehen, dessen Unternehmen wird **ZERSTÖRT!!!**"

Gez. Die neue Regierung

Die Bewegung fand immer mehr Zulauf. „Endlich passierte etwas, endlich eine Regierung, die nicht nur redete." In der Folgezeit wurden noch viele Filialen AEKIs dem Erdboden gleichgemacht. Das Geld aus den prall gefüllten Kassen AEKIs an die arme Bevölkerung verteilt.

Die Auferweckung der Gepfählten schleppte sich dahin. Es würde noch Jahre dauern, bis alle wiederbelebt und ins 21. Jahrhundert integriert wären. Es mussten Wohnungen besorgt, Schulungen durchgeführt werden. Die Burg quoll schon langsam über. Es herrschte ein reges Treiben, ein Kommen und Gehen. Aber es würde sich lohnen, inzwischen verfügte die „neue Regierung" über 8000 Kämpfer.

Raja saß auf ihrem Agaventhron direkt gegenüber ihrer Spiegelwand. Noch mehr als den Thron und die Spiegelwand, die genau ihren Vorstellungen entsprachen, bewunderte sie ihr Spiegelbild. Mit ihrem jadefarbenen Kaftan aus 100-prozentiger Seide, der an der Brust und Schultern mit goldenen Applikationen verziert war, ihren schwarzen dichten glänzenden Haaren, die sie hoch aufgetürmt auf ihrem Kopf trug, sah sie tatsächlich wie eine Königin aus.

Sie wartete auf Cloé, die die Gemächer im Ostflügel im Anschluss an die ihren bewohnte. Sie wollten endlich einen Plan entwickeln, wie sie die Hairs, Sylvie, Alexander, seine Mutter und auch Ulf in ihre Gewalt bekommen könnten.

Wenigstens hatte sie sich Maximilians entledigen können, der hässliche kleine Trottel, hatte er wirklich geglaubt, sie würde ihr Leben mit ihm verbringen?

Sie lächelte genüsslich in sich hinein als sie an die Schlaftabletten dachte, mit denen sie die Sauce seines Essens „verfeinert" hatte. Mit Cloés Hilfe und eines Rollstuhls hatte sie den besinnungslosen wehrlosen Maximilian ins Wasser des Burggrabens gekippt, die darin schwimmenden Krokodile, die es schon seit Urzeiten dort gab, waren über den Appetithappen sehr erfreut.

Sie dachte mit Genugtuung an den Militärputsch, ihre Inthronisierung als Königin von Deutschland.

Bo hatte sich auf sein Zimmer des Appartements in Greenwich Village in New York zurückgezogen. Er musste allein sein, um sich zu erholen, damit sein Körper, seine Seele ihm wieder vertraut vorkämen. Zuviel war auf ihn eingeprasselt. Die Realität war nicht sein Ding. Sie war so furchtbar, viel schlimmer als die bösartigsten Horrorgeschichten von Stephen Edwin King. Er bezweifelte, dass er sich tatsächlich in New York mit Sylvie, Ruth und Alexander aufhielt, er saß in Wahrheit in seinem Elfenbeinturm auf chateau l'eau und schrieb an seinem neuen Roman, Ausgeburt seiner Ängste, Mo an eine Welt der globalisierten Gleichgültigkeit verlieren zu können.

Es *mussten* Wahnvorstellungen sein, auch Ruth, seine liebe Freundin, die keiner Fliege etwas zu Leide tun konnte, litt darunter. Sie war zu ihm auf sein Zimmer gekommen, ganz verzweifelt, hatte sich auf ihn gestürzt, seine Knie umschlungen, unter Tränen erklärt: „Ich bin an allem Schuld, dass Mo fort ist, als Terroristin und wegen versuchten Mordes gesucht wird, irgendwo in der Welt herumvagabundiert, dass chateau l'eau abgebrannt ist, dass wir nun hier in New York sind", sie gestand schluchzend: „ich war es, die Raja töten wollte, ich habe die Beeren des Seidelbastes in den Pudding getan, den Sylvie Raja zu später Stunde noch serviert hat." Sie fantasierte, eigentlich war das seine Rolle als Schriftsteller.

Er hatte sie vom Boden hochgezogen in seine Arme genommen, ihr Schluchzen mit Küssen erstickt, in ihren Augen sah er die Liebe zu ihm, ihre Liebe zu Mo. Ruth hatte ihn geheilt, er liebte ihr kleines liebes unscheinbares Gesichtchen, diese Nacht gehörte er ihr.

Sylvie war zurück von ihrem Fotoshooting mit Herrn Wiese, das wieder ein voller Erfolg war. Sie brauchte diese Arbeit, ihre kleinen Fluchten aus der bedrückenden Atmosphäre ihres New Yorker Exils. Jetzt war sie wieder bereit, die Verantwortung für die kleine Schar der ihr anvertrauten lebensuntüchtigen Menschen zu übernehmen.

Viel zu kurz war die glückliche Zeit auf chauteau l'eau, nur ein romantischer Ausflug in eine Märchenwelt, aber sie würde sich diese Welt zurückholen, mit allen juristischen Mitteln kämpfen. Geld hatten sie ja schließlich genug, um ein für sie positives Urteil zu erhalten. Sie hatte schon die renommierteste Kanzlei New Yorks beauftragt. Sie war sich sicher, dass Raja Maximilian ermordet hatte, für den Brand und unzählige Delikte verantwortlich war. Ihre Anwälte würden schon die Beweise erbringen, koste es was es wolle, warum waren sie schließlich in den USA, das Land, das von Anwälten regiert wurde.

Jetzt musste sie sich aber erst mal auf die Schnelle auf das heutige Abendessen konzentrieren. Sie telefonierte mit Katz's Delikatesse, bestellte für 20:00 Uhr Pastrami und Corned Beef Sandwiches mit Essiggurken und Cream Soda. Zu ihrer aller Erstaunen hatte sich nämlich „Ulf The Wolf" für heute Abend angesagt. Er befand sich z. Z. In New York, weil er seinen Weltmeistertitel im Madison Square Garden verteidigen musste und ihre Adresse ausfindig gemacht hatte. Alle freuten sich auf den Besuch, auch Bo, obwohl er enttäuscht war, dass er nach Mos Geburtstagsfeier nichts mehr von sich hatte hören lassen.

Pünktlich um 19:30 Uhr klingelte Ulf an der Haustür. Sie standen alle zu seiner Begrüßung bereit. Ulf wirkte etwas verlegen, aber selbstbewusster als sie ihn in Erinnerung hatten. Er war ein richtiger Hüne, auf den ersten Blick wirkte er angsteinflößend. Seine Augen sprachen jedoch eine andere Sprache, beim Anblick seiner Gastgeber wurde ihr Ausdruck warm, was auch die dicken Augenbrauen nicht vertuschen konnten. Sylvie fand wie immer die richtigen Worte zur Begrüßung, drückte allen ein Glas Champagner in die Hand, platzierte die kleine Schar um den runden Tisch. Das Eis war schnell gebrochen. Das Essen verlief meist schweigend, Mo war der kleine blaue Elefant im Raum.

Schließlich saßen sie sich bewaffnet mit ihren Champagnergläsern im living room gegenüber. Alle Augen richteten sich erwartungsvoll auf Ulf, der das Schweigen brach, fast wie zu sich selbst begann er: „Ich werde den 11. Juni, Mos Geburtstag niemals vergessen, er hat mein Leben verändert. Als Sie zu mir auf der Kirmes in den Ring kletterten", er schaute Bo ehrfurchtsvoll an, „wusste ich, dass jemand Besonderes vor mir stand, ich kannte nicht Ihren Namen, wusste nicht, dass Sie der bekannte Schriftsteller Bo Hair sind, der auf chauteau l'eau wohnt, aber Ihre Aura, Ihre besondere Ausstrahlung verriet mir, dass Sie kein „gewöhnlicher" Mensch sind". Ulfs Stimme wurde ganz leise, fast andächtig sagte er, „und dann Mo, so etwas Faszinierendes, Süßes habe ich vorher noch nie gesehen", auch sie hat dieselbe Aura der Mystik. Ich liebe Mo, ich werde alles tun, sie heil zu Ihnen nach New York zu bringen. Am Tag nach Mo's Verschwinden, nach dem Anschlag auf Raja war ich zu Ihrem Schloss geeilt, um mit Ihnen die

Situation zu besprechen, aber ich wurde von einem Ihrer Angestellten abgewimmelt, mir wurde bewusst, dass ich nur „Ulf The Wolf" bin, der Kirmesboxer, ich schämte mich plötzlich, schlich zurück zu meinem Wohnwagen. Dort wartete ganz unerwartet Cloé, sie machte mir Avancen, pushte meine Karriere, ich wollte glauben, dass eine Frau so gut sei wie die andere, was ja viele Männer behaupten, Hauptsache sie sieht gut aus, und das tut Cloé, aber ich konnte Mo nicht vergessen, litt unter Liebeskummer. Cloé bemerkte das, verfolgt mich seitdem mit ihrem Hass, was nicht das Schlimmste wäre, aber sie will Mo, sie alle, zusammen mit Raja, ihrer Vertrauten, vernichten.

Wir müssen den beiden Teufelinnen zuvorkommen. Sie wohnen in *Ihrem* Schloss, auf chateau l'eau. Sie sind inzwischen mächtige Frauen, sie zum Gegner zu haben, bedeutet Krieg. Aber wir werden *sie* besiegen!", rief er aus. Die Anwesenden nickten ihm heftig, bestätigend zu. Sie schöpften Hoffnung aus seinen Worten. Sie prosteten sich verschwörerisch zu. Ulf fuhr kämpferisch fort: „Ich werde morgen nach Transkastanien aufbrechen, um Mo zu finden." Alexander hatte gebannt Ulfs Worten gelauscht. Es beunruhigte ihn, dass er eifersüchtig auf Ulf war, nicht wegen Cloé, sondern wegen Mo. Konnte es sein, dass er sie nicht mehr als seine kleine Schwester ansah, dass er sich etwas vorgemacht hatte, dass er, wie Ulf, Mo liebte wie ein Mann eine Frau liebt. Zu aller Überraschung sagte er: „Ich werde meine Konzerte absagen und Ulf nach Transkastanien begleiten".

Raja und Cloé waren sich ihrer neuen Macht bewusst. Sie waren fast am Ziel ihrer Träume angelangt, es fehlte nur noch der größte Triumph, die Festnahme Bo und Mo Hairs, Ruths, Sylvies, Alexanders und Ulfs.

Sie saßen sich im Spiegelsaal gegenüber, prosteten sich und ihrem Spiegelbild zu.

Sie waren die letzten 3 Monate unterwegs gewesen, auf Staatsbesuch. Überall wurden sie mit militärischen Ehren empfangen, hofiert, wie es sich für sie, zwei Königinnen, gehörte. Sie hatten es genossen.

Jetzt war die Zeit gekommen, Krieg gegen Griechenland führen. Raja dachte an ihren Besuch bei Marian Shisha. Gut, dass sie ihn als Ersten auf ihrer Liste der Staatspräsidenten aufgesucht hatten, bevor er unter mysteriösen Umständen verschwunden war. Es hatte sich ausgezahlt. Marian Shisha hatte ein großes Bankett ihnen zu Ehren gegeben. Er trank ununterbrochen, war ausgezeichneter Laune, befeuert von ihrer Schönheit. Abends saßen sie im Kaminzimmer beieinander. Marian Shisha erzählte ihnen die Geschichte vom „Herz Vlads II". Ihre Begierde, das Herz zu besitzen, war geboren. Als er ihnen anbot davon zu kosten, schon einem Diener ein Handzeichen geben wollte, um es holen zu lassen, hatte sie abgewunken: „Vielen Dank Marian, wir nehmen Ihr Angebot gerne an, wissen es zu schätzen, lassen Sie es uns aber auf morgen verschieben, Cloé und ich möchten uns zurückziehen, wir sind sehr müde". Früh am nächsten Morgen ließ sie sich von einem ihrer Leibwächter unauffällig ein Schweineherz besorgen. Es war ihnen ein Leichtes den Trunkenen abzulenken, die Herzen auszutauschen.

In der Heimat hatten die Generäle, Offiziere, das gesamte Heer an dem Herz geleckt. Sie waren nun in der Lage die größten Gräueltaten zu vollbringen.

Die Nachricht von dem Einmarsch in Griechenland verbreitete sich in der ganzen Welt. Da das kleine Land von keiner wirtschaftlichen Bedeutung für andere Länder war, war es den Machthabern dort auch egal, die mediale Aufmerksamkeit war nur von kurzer Dauer.

Lediglich in Transkastanien löste der Einmarsch von Rajas Truppen Bestürzung aus. Mo dachte an ihre 3 LöwInnen, an Odysseus, Kolja, Marek und Carlotta. Schnell war beschlossen, dass Transkastanien Griechenland zu Hilfe eilen würde. Das Einhorn arbeitete Tag und Nacht an der Auferweckung der „Gepfählten". Inzwischen belief sich ihre Truppe auf 20.000 Soldaten. Zu Mos großer Freude und Verwunderung waren Alexander und Ulf auf der Burg aufgetaucht. Sie konnte es kaum fassen, dass es tatsächlich Ulf und Alexander waren, die den Felsen erklommen und sich über die Brüstung schwangen. Sie drückte beide an ihr Herz, so lange und so fest, als wolle sie sie nie mehr loslassen. Auf eine Wiedersehensfeier wurde verzichtet. Schnell fügten die beiden sich mit ins Heer ein und machten sich auf den Weg nach Griechenland. Mo trieb den Trupp immer wieder an, gönnte den Leuten kaum eine Pause, sie wollte zu ihren LöwInnen, erst jetzt merkte sie wie sehr sie sie vermisste.

Als sie auf Schloss Toi Toi ankamen war alles ruhig, von Raja's Truppen war nichts zu sehen, die Landschaft lag friedlich und schön in der Sonne. Eine leichte Brise wehte vom Meer herüber. Ihren LöwInnen ging es gut, sie lagen im schattigen Innenhof des Schlosses vor dem alten Brunnen. Mo lagerte sich für einige Minuten zu ihnen, umschlang ihre Hälse, versteckte ihr Gesicht in ihrem Fell, das den vertrauten LöwInnenduft ausströmte, vergoss darin einige Tränen der Rührung und Wehmut. Die LöwInnen leckten ihr übers Gesicht, sie waren glücklich, Mo wiederzusehen.

Ihren Freunden ging es ebenfalls gut. Marek freute sich über ihr Erscheinen. Carlotta hingegen schaute Yola finster an, sie ahnte nichts Gutes. Sie wünschte sie zum Teufel. Ihretwegen waren sie alle in Gefahr, würde es Krieg geben. „Warum waren bloß alle von Yola so begeistert", fragte sie sich, „vor allem die Männer!" Auch Marek, sie verspürte rasende Eifersucht auf Yola. Hier hatten Marek und sie alles was das Herz begehrt, Marek konnte segeln, tauchen, sie hatten sogar eine Jacht, es war der pure Luxus und er hatte *sie*. Aber das schien ihn alles nicht glücklich zu machen. Er langweilte sich mit *ihr*. Das war für sie das Schlimmste. Sie hatte seine Freude, Mo wiederzusehen, bemerkt. Das verletzte sie zutiefst. Sie überlegte, sich von ihm zu trennen.

Den nächsten Tag über hielten sie nach Rajas Truppen Ausschau, stundenlang, schon keimte die Hoffnung in ihnen auf, Raja hätte es sich anders überlegt –, mitten in der Nacht heulten die Sirenen, Panzer walzten durch die Straßen, Bomben schlugen ein.

Odysseus Armee schlug sich tapfer, Marek und Ulf kämpften heldenhaft Seite an Seite. Sie nahmen es mit fünf ihrer Gegner auf. Schon war der Sieg ihrer. Alexander, der kein guter Kämpfer, aber auch ein ausgezeichneter Geiger war, stellte ein Regimentsorchester zusammen. Er sah darin eine Chance seinen Beitrag zum Kriegsgewinn zu leisten. Sein Spiel entwickelte eine solche Kraft, dass die Steine in Bewegung kamen, die Flüsse stillstanden, die Bäume zu ihm hinwanderten, alle Tiere sich um ihn lagerten. Auch die griechischen Soldaten legten ihre Waffen nieder, verharrten in andächtiger Stille, lauschten der Geige. Sie hatten den Krieg ganz vergessen. Das war die Stunde für Rajas Armee. Blitzschnell, bevor Alexander und die Soldaten realisieren konnten, was sein Spiel anrichtete, erschossen Rajas Leute viele ihre wehrlosen GegnerInnen, nahmen Yola, Alexander, Ulf, Marek, Odysseus und Carlotta gefangen. Die LöwInnen wurden in einen Käfig gesperrt. In einem Triumphzug und Siegestaumel wüteten die deutschen Soldaten noch eine Nacht lang, brandschatzten, vergewaltigten.

Zurück in Deutschland wurden die 4 Männer und die 2 Frauen ins Verlies auf chateau l'eau geworfen. Sie wussten, was ihnen bevorstand – der Tod. Raja hatte gesiegt, das Böse hatte gesiegt. Die Hoffnungslosigkeit machte sich unter ihnen breit, die Verzweiflung, die Angst. Yola war besonders verzweifelt wegen ihrer LöwInnen, wieder war es ihr nicht gelungen, ihre Tiere zu beschützen.

Alexander holte seine Mundharmonika hervor

das Lied von Marlene Dietrich

später, später bleibt vom Wagen
nicht einmal die Wagenspur
Niemand, niemand wird dann fragen,
wer in diesem Wagen fuhr

Alle Worte, die wir sagen,
Rauschen dann die Bäume nur,
Und das Lied, das uns erklungen
Auf der Mundharmonika
Wird dereinst vom Wind gesungen
Und heißt nur noch Lalala

Alte Wege, die wir wandern,
werden neue Wege sein,
unser Denkmal ist den andern
nur ein Kilometerstein.

Deutschland, Frankreich, Friesland, Flandern
Singend ziehen dann sie dort ein,
Und das Lied, das uns erklungen
Auf der Mundharmonika
wird dereinst vom Wind gesungen
und heißt nur noch Lalala

Singt einmal ein anderer Sänger
Den Verliebten zart ins Ohr,
sitzen die wohl auch nicht enger
als wir saßen längst zuvor

Doch dann kümmert's uns nicht länger,
wer an wen sein Herz verlor,
Und das Lied, das uns erklungen
Auf der Mundharmonika
Wird dereinst vom Wind gesungen
Und heißt nur noch Lalala.

Die Freunde lauschen der Melodie noch nach ...

Etwas bewegt sich unter ihnen, die Steine, auf denen sie sitzen, sie schaukeln wie die Planken eines Schiffes bei stürmischer See, die Wände an die sie gekettet sind vibrieren, es ist wie ein Vulkanausbruch und ein Erdbeben zugleich. Sie werden durch die Luft geschleudert – die 3 Riesen fangen sie mit ihren jeweils 100 Händen auf, machen einen Riesenschritt hinaus aus der Gefahrenzone, die herumfliegenden Steine des einstürzenden Schlosses können sie nicht treffen, sie stellen sie sanft auf den Boden, schauen sie mit ihren jeweils 50 Köpfen aus großer Höhe an, stellen sich vor:

„Wir sind die 3 Hektoncheiren, wir wurden von unserem Vater so sehr gehasst, dass wir direkt nach der Geburt von ihm unter der Erde begraben wurden. Alexander hat uns durch sein herzzerreißendes Spiel zum Leben erweckt". Bei diesen Worten ging die Sonne auf, die Hektoncheiren konnten sich an dem Schauspiel nicht satt sehen. Alexander versprach ihnen, dass am Abend die Sonne untergehen und stattdessen der Mond erscheinen werde. Die 3 Riesen waren überglücklich, sie freuten sich auf die „blaue Stunde", die sie gemeinsam mit ihren neuen Freunden genießen würden. Yola war noch glücklicher als die Hektoncheiren, ihre 3 LöwInnen waren samt Käfig von den 3 Riesen ebenfalls aufgefangen worden, die Stäbe des Käfigs waren für sie wie Salzstangen.

Mo schreckte hoch, ihr Herz raste, beruhigte sich nur langsam. Sie war aus großer Höhe gefallen. Sie hielt die Augen geschlossen, traute sich nicht, sie zu öffnen, sie begann zu blinzeln. Sie erkannte Umrisse ihres Zimmers, sie öffnete die Augen ganz. Tatsächlich, in der Morgendämmerung sah sie die Flügeltüren zum Park hin weit offenstehen, sie sog den betörenden Duft ihrer Lieblingsrose „Petite Hollande" ein. Sie hatte nur geträumt.

Bimbo kam durch die Flügeltüren hereinspaziert, ließ sich neben sie auf ihr Bett plumpsen, schon griff sie nach den Wasserpralinen. Alles war wie sonst, ein warmes Glücksgefühl durchströmte sie. Sie hatte noch ein Jahr Zeit, sie war erst 17. Es würde keine Geburtstagsfeier geben, das konnten sich Sylvie und ihr Vater abschminken.

Sie hörte die Fledermäuse in den Mauer- und Baumhöhlen, auf den Dachböden. Sie flatterten umher und raschelten. Sie konnte das Stakkato ihrer singenden, klickenden und knackenden Töne hören. „Vielleicht wirst du morgen ja ganz etwas anderes träumen!"

Die Autorin

Die Autorin der Erzählung „der 18te Geburtstag" schreibt unter dem Pseudonym „Mo Hair", so heißt auch die Heldin ihrer Geschichte.

Die Erzählerin liebt das Geheimnisvolle, die Geschichte „der 18te Geburtstag" soll für sich sprechen.

Nur soviel sei gesagt: Die Autorin ist ein Kind des Ruhrgebiets, sie wurde 1953 in Wanne-Eickel geboren, machte dort ihr Abitur, studierte Jura an der RUB.

Sie besuchte die Metropolen der Welt, um sich dann in ein Fachwerkhaus in einem kleinen Ort im Oberbergischen Kreis zurückzuziehen.

Sie liebt die Natur und ganz besonders die Tiere.
Heute lebt sie wieder im Ruhrgebiet in Essen.

Der Verlag

novum VERLAG FÜR NEUAUTOREN

> *Wer aufhört*
> *besser zu werden,*
> *hat aufgehört*
> *gut zu sein!*

Basierend auf diesem Motto ist es dem novum Verlag ein Anliegen, neue Manuskripte aufzuspüren, zu veröffentlichen und deren Autoren langfristig zu fördern. Mittlerweile gilt der 1997 gegründete und mehrfach prämierte Verlag als Spezialist für Neuautoren in Deutschland, Österreich und der Schweiz.

Für jedes neue Manuskript wird innerhalb weniger Wochen eine kostenfreie, unverbindliche Lektorats-Prüfung erstellt.

Weitere Informationen zum Verlag und seinen Büchern finden Sie im Internet unter:

www.novumverlag.com